KB073951

백운산, 섬진강, 수어천

백운산(白雲山), 섬진강(蟾津江), 수어천(水魚川)

ⓒ 김진휴 · 김진원 · 김진혁, 2024

초판 1쇄 발행 2024년 6월 12일

지은이	김진휴 · 김진원 · 김진혁
펴낸이	이기봉
편집	좋은땅 편집팀
펴낸곳	도서출판 좋은땅
주소	서울특별시 마포구 양화로12길 26 지월드빌딩 (서교동 395-7)
전화	02)374-8616~7
팩스	02)374-8614
이메일	gworldbook@naver.com
홈페이지	www.g-world.co.kr

ISBN   979-11-388-3248-9 (03810)

김상의 金商義 家 이야기

백운산, 섬진강, 수어천

白雲山　蟾津江　水魚川

김진휴 · 김진원 · 김진혁 지음

좋은땅

조부님(字: 瑞任 商義, 1873. 2. 21.~1963. 4. 27.)

진상 종가 고택, 일가친척 전체 사진(2012. 11. 3.)

큰댁 가족(1922년경) 앞줄 우측 두 번째가 선주 님(12세)

왼쪽부터 계주 숙부, 희주 숙부(1937년경)

현주 숙부님 내외분, 우리 집안의 중흥을 가져다준 분이다

할아버지 본가 사진(1960년대) 앞줄 왼쪽 정주 님,
두 번째 줄 사위 안성선, 강만원, 유광희

'와세다' 大 재학 시절의 오른쪽 옥주 님, 장손 진석 형님(일본 상과 재학 중)

좌측 시계 방향 계주 숙부, 옥주 숙부, 희주 숙부

규주 님 결혼식, 앞줄 왼쪽 두 번째 희주 님, 뒷줄 왼쪽 세 번째 범주 님

진휴 외숙(서운 선생), 선주 님, 옥주 님 원자력연구소 방문 기념

새로 단장한 상의 할아버지 묘소 앞에서

김진휴 『山河』 자서전 출판기념식(2012)

즐거워하는 사촌들, 석란화원(2017. 4.)

조부님 본가 모습
(2011년 종손 계한, 리노베이션하여 현대식으로 수리)

일가친척 조부님 송덕비 앞에서(2015. 11.)

지금, 여기에서 행복을 누리다

까치는 높은 나뭇가지 위에 집을 지을 때 맑고 화창한 날에 짓지 않는다고 합니다. 오히려 거센 바람이 불거나 비 오는 악조건의 날에만 집을 짓습니다. 그래야 태풍이 불고 비바람이 몰아쳐서 굵은 나뭇가지가 꺾일지언정 까치집이 무너지는 일이 없이 하기 위함입니다. 미물에 불과한 까치도 이런 지혜를 갖건만, 우리 인생은 너무 쉽고, 빠르고 편한 길만 찾는 모순 속에 살고 있습니다. 거친 파도가 유능한 선장을 만들 듯이 인생의 집도 역경과 고통을 이기는 튼튼한 기초 위에서 바로 설 때 향기가 발휘될 것입니다.

누구나 한 번은 빈 둥지 증후군을 느낍니다. 친한 친구가 외국으로 이주하거나, 자녀의 취직, 결혼 등으로 독립할 때, 아플 때, 은퇴 이후 할 일이 없어진 허탈한 감정 등에서 느끼는 상실감과 외로움

말입니다. 특히 저같이 고향을 떠나온 지 오래되었고, 북망산천이 멀지 않게 느껴질 때 왠지 모를 허전함이 다가오는 것을 숨길 수 없습니다.

이런 허기는 아무리 많이 먹어도 여행을 해도 채워지지 않습니다. 해결방법은 고향의 향수를 끄적거리고 도란도란 옛 추억을 이야기할 때 치유될 것입니다. 사실 어릴 적 고향 기억과 친척분들의 이야기 그리고 어른이 되어 느낀 사회적 경험과 울림을 글로 남겨야 하지 않겠느냐는 거룩한 부담을 느끼고 있었습니다.

일기같이 내밀한 얘기까지 가감 없이 솔직함을 담기는 어렵겠지만, 가문의 작은 알아차림이나마 후손들에게 남기는 것이 일종의 어른 역할이 아닐까도 생각되었기 때문입니다. 그 결과 동생들의 의견과 글을 모아서 고향과 부모님의 추억에 관한 이야기를 책으로 발간하게 됐습니다. 형제, 자녀들이 전하고 싶은 글의 보시(布施)하고 이해해 줬으면 합니다. 무슨 자랑할 것이 많아서가 아니라, 이성에서 건지지 못한 추억의 향연과 창의적인 삶을 꿈꾸고 내일에 도전하는 미래 세대를 위한 주춧돌 역할을 하고 싶었습니다.

꽃은 언제나 예쁘다

만개한 꽃도 아름답지만, 낙화도 아름답기는 마찬가지입니다. 자연의 위대한 질서에 순응하며 살아 낸 씨앗의 끈질긴 생명력도 귀중합니다.

힘들고 지루했던 과거도 아름답게 느껴지는 이유는 사실 여부와 관계없이 과거에 대한 부담이 없기 때문이라고 합니다. 값없이 받은 은혜로 좋은 가문에서 자라고 무탈하게 생활한 것에 감사드립니다. 가문의 속사정을 꾸밈없고 솔직하게 드러내고자 합니다.

누구나 겪게 되는 굴곡, 오해, 기쁘고 아픈 기억들조차 소환하여 나름의 세계를 구축하는 것도 세월에 대한 예의가 아닐지요? 조상으로부터 받은 사랑과 은혜의 선물을 재구성하여 상상력도 발휘해 보았습니다. 아직 움트지 않은 나무 둥지의 숨겨진 이야기를 담아 내려고 몸부림쳤지만, 역부족이었음을 고백합니다. 내가 꽃에게 말을 걸 때 비로소 꽃이 화답합니다. 내가 뿌린 대로, 내가 심는 대로 거두는 것이 삶의 진리라고 여깁니다.

부모님을 언젠가 다시 만날 기대감으로 사는 인지상정(人之常情)을 기대합니다. 석가모니가 임종하면서 제자들에게 가르쳤다는 '회자정리 거자필반(會者定離 去者必返, 사람은 어차피 만나면 헤어지고 떠난 사람은 반드시 돌아온다)'을 믿습니다.

역사를 잊은 자에게는 미래가 없다

한 가문을 만드는 것도 중요하지만 유지하는 것이 더욱 중요합니다. 사람들은 가문을 통해 영혼의 문(門)인 자신의 눈을 볼 수 있습니다. 개인적인 삶과 비전도 가문을 통해 빛을 발휘할 때 더욱 빛나기 때문입니다. '함께 웃고 우는 은혜와 감사'의 가문이 되었으면 합니다. 가족들이 서로 돕고 공감하는 분위기가 성숙될 때 사회 전체도 자연적으로 발전할 것입니다.

지난 몇 년 동안 코로나 팬데믹으로 인해 자주 만나지 못해 아쉬웠습니다. 아무리 겨울이 추워도 봄은 반드시 옵니다. 사촌들이 정성과 힘을 모아 집사광익(集思廣益, 생각을 모아 이익을 더하다)의 책을 발간한 것이 뿌듯합니다. 집안의 최고 어른이 된 지금, 좋든 나쁘든 조상님이 남기신 이야기가 공감되고 이어지길 바랍니다.

대가족의 긴 이야기를 모두 쓸 수야 없었지만, 소중한 사람과 함께한 추억을 소환했고 기억하는 조상님의 이야기 더미를 풀었습니다. 자전적 소설 형태의 목소리로 사건이나 생각 등을 드러냈기에 교훈이나 감동은 독자의 몫이라 생각됩니다. 바라기는 이 책을 통해 조상님들이 베푸신 한없는 은혜에 감사드리며, 후손들이 반면교사로 활용했으면 합니다.

오늘보다 더 강한 내일을 위해 노력하겠습니다. 모든 가족들의 건강과 행복 그리고 꽃길의 향연이 펼쳐지길 기원합니다.

2024. 6. 6.

필진을 대표하여 김진휴

목차

1장
좋은 삶을 위해 함께 웃고 울기

2장
교육에서 미래를 찾고 꽃을 피우다

3장
우리 인생에도 꽃은 핀다

4장
행복은 조건이 아닌 선물을 선택하는 것

1장

좋은 삶을 위해
함께 웃고 울기

"자조(自助) 못 한 놈은 밥 먹을 자격이 없다", "협동하지 않으면 인간 구실 못 한다."라는 쩌렁쩌렁한 말씀이 아직도 선하다. 표범 가죽 위에 앉아 계시면서 긴 담뱃대를 물고 있는 모습만으로도 기골장대(氣骨壯大)함을 느꼈다. 조부의 근검절약과 자립정신은 익히 알고 있었지만, 밥 한 톨도 흘려보내지 못할 정도로 검소하고 엄격했다. 그러나 대의를 위한 지출에는 대범함을 보이셨다. 예를 들면 육영, 공익사업, 지역주민 애로사항 등에는 앞장섰다. 해방의 격동기, 여수 사건, 6.25의 대혼란기에도 신체적 위협을 극복하고 후손들을 잘 육성하고 92세로 선종하셨다. 남다른 근면 정신과 자식 사랑, 이웃 봉사의 보상이 아닌가 생각된다.

1.
자수성가로 일가족을 이루다

자수성가(自手成家)란 물려받은 재산이 없이 혼자 힘으로 집안을 일으켜 세우거나 큰 성과를 이루어 놓음을 의미한다. 조부는 산청에서 광양으로 이주했고, 오직 자식 사랑과 근검절약, 열정으로 한 가문을 일구셨다. 자수성가한 부자들의 공통점은 첫째, 적은 돈의 가치를 무시하지 않고 근검절약하는 정신이다. 둘째, 실행력이 아주 강하다. '일단 하는' 습관이다. 부자치고 실행력이 없는 사람을 본 적이 없다. 셋째, 지속적인 열정의 소유자다. 어떤 환경에도 강한 끈기로 열정을 불태운다. 바람이 불지 않을 때 바람개비를 돌리는 방법은 내가 앞으로 달려나가는 것이다. 넷째, 개방적 사고로 항상 배울 준비가 되어 있다. 본인이 성공했다고 해서 자만하지 않고 겸손한 마음으로 새로운 걸 받아들이는 겸손함이다. 자식은 부모의 거울이다. 부모의 행동과 가르침에 따라서 아이의 미래를 결정되지 않을까?

김녕 김(金寧 金) 내력

김녕 김씨는 신라 김에 그 뿌리를 두고 있으며 시조 김시흥(金時興)은 경순왕의 넷째 아들 은열(殷說)의 8세손이다. 고려 인조 때 '묘청의 난'을 평정하는 데 공을 세워 김녕군에 봉해졌다. 우리 선조들은 무관이 많았고, 대표적인 인물로 북방 6진을 개척한 김종서 장군이 있다. 문관으로서는 단종의 충신 즉, 삼중신 중 한 분인 백촌 김문기(金文基, 1399~1456)가 있다. 1399년(정종 1년) 충북 옥천군에서 영의정에 추증된 관(觀)의 아들로 태어나 강직하고 효행이 뛰어났으며 세종 8년에 문과에 급제하여 예문관 검열을 시작으로 많은 관직에 있었으며『태종실록』을 편찬했다. 공조, 이조 판서를 두루 역임했다. 그러나 세조 때 내외종(內外從) 간이었던 박팽년과 함께 단종 복위를 도모하다 아들인 영월 현감 현석(玄錫)과 함께 순절했다. 그분이 김녕 김씨(金寧 金氏) 충의공파(忠毅公派)의 파조(派祖)다.

돈녕공은 김녕 계보의 장손에 해당된다. 김녕군 시흥(金寧君 時興)으로부터 2세 珦 → 3세 克稅 → 4세 重源 → 5세 貴甲 → 6세 挺丙 → 7세 潤達 → 8세 碩鍊 → 9세 運 → 10세 遵 → 18세 斗尙 → 19세 취구(就九)로 내려오다가 새로운 취구파(就九波)로 독립하였다. 따라서 조부님 상의(商義)는 7대조, 우리 아버님 주(周) 항렬은 8대조, 진(秦) 항렬은 9대조이며, 돈녕공파에서 보면 28대손에 해당한다.

6대조 명곤(命坤) 할아버지는 산청에서 광양으로 이주해 김녕 김씨의 취구파를 창립하셨다. 명곤 할아버지는 지금의 경남 산청과 진양 경계에 있는 자실에서 태어나셨다. 글 읽기를 좋아하셨지만, 당시 도참설에 빠져 발복의 원천은 '자리'에 있다는 신념으로 삼남 일대를 뒤지다가 고성에 자리를 잡았다.

7대조 김상의(金商義, 1873. 2. 21.~1963. 4. 27.) 할아버지는 진상면 지계리 어귀에서 태어나셨다. 사형제 모두 우애가 깊었고, 막내였던 상의 할아버지는 부모님의 각별한 사랑을 받았다고 한다. 형님들의 심부름을 잘해 이쁨을 독차지했다. 상의 할아버지는 머리가 영특하고 열심히 노력한 결과 돈이 생기면 산판과 농지를 구입하여 소작을 주었다.

당시 역사의 시련과 도전이 많은 시대였지만, 근검절약의 생활신조로 나태를 가장 증오하셨다.

상의 할아버지는 그 시대에 있어서 훌륭한 한옥 건축가이셨다.

몰랑몰 팔작지붕의 거대한 한옥을 열 채 이상 건축하였을 뿐만 아니라 진상의 뒷산에 조림공사를 하여 많은 소나무를 심었다. 또한 마을에 대단위 살구나무, 배나무, 감나무, 대나무 등을 조림하여 광양군에서는 몰랑몰의 동네 조경이 타의 추종을 불허할 정도로 아름답다. 체구가 크셨고 목소리가 쩌렁쩌렁했다. 일반 집에서는 흔히 볼 수 없는 탈곡기, 가마니 짜는 기계 등을 보유하여 항상 부채나 모자(갓) 우산 등을 만들고 계셨다.

건강 체질로 92세까지 장수하셨고, 결혼도 세 분의 할머니를 두셔서 10명의 아들과 3명의 딸을 키웠다. 그러나 첫 번째 결혼 당시에는 할아버지, 할머니 모두 가난했다. 할머니는 결혼할 때 족두리도 없고, 결혼 가마는 말할 것도 없고 삿갓 쓰고 오셨다. 특히 희주 숙부(철도국장)께서는 할머니를 많이 닮았다고 한다. 그러나 결혼 후 낮과 밤을 가리지 않고 불철주야 일에만 몰두하셨다. 덕(德)을 쌓고, 수많은 어려움을 극복하고 얻은 노력의 결과 상당한 재산을 일구게 되었다.

가족이 워낙 대가족이고 많은 자손이 도시로 이사했기에 할아버지를 직접 만난 기억이 별로 없는 것도 사실이다. 하지만 나는 어린 시절 할아버지와 함께 생활을 한 덕분에 비교적 할아버지를 알 수

있었다. 할아버지는 기골이 장대하고 力拔山氣蓋世(산을 뽑고 세
상을 덮는다)의 힘과 기개를 가지셨다. 겨울철 아랫목에 깔고 앉으
신 표범 모피 방석과 그 위에 덧댄 모피 조끼는 직접 사냥한 것이라
고 한다. 특히 당시 13명의 자식 모두 교육시킬 만큼의 선견지명과
미래에 통달하신 분이셨다.

우리 집안을 실질적으로 일으키신 분은 현주 큰아버지이시다.
"부자가 되고 싶으면 부자의 생각을 가져라"라는 장남(현주) 백부의
선견지명으로 형제 모두 고등학교 이상 다니게 되었다.

현주 백부의 딸 김진애 누님과 매형(고인)께서는 일찍이 옥곡중
학교를 설립하였고, 아들 유기홍 씨는 옥곡 신용금고 이사장으로
옥실농원(35,000평)을 운영하고 있다. 옥실농원에서는 매실, 밤,
감을 수확하고 있으며 2011년에는 국궁(國弓, Traditional Korean
Archery)장과 체육시설을 인근에 설치하여 광양시에 기증하였다.

대가족의 축복

할아버지는 결혼 후 가정생활 70여 년 동안 세 분의 할머니, 두 부

인에게서 10명의 아들과 3명의 딸을 출생했고 키웠다. 일곱째 기주(淇周)는 돌을 넘기지 못하고 당시 초봄에 유행했던 홍역으로 잃었다. 나머지 아들 9명과 딸 3명은 모두 장성하여 일가를 이루었다. 첫 부인인 차지방(車芝方, 1871년 4월 13일생)에서 아들 3, 딸 2, 계 5명, 둘째 부인 박본안(朴本安, 1891년 12월 3일생) 할머니에게서 아들 6명, 딸 2명이 태어났다. 조부님이 환갑을 넘겨서 들여오신 셋째 할머니 황복술(黃卜述, 1903년 8월 7일생) 님은 자식도 없이 '꼬랑갓 할머니'로 불리며 여덟 번째 규주 삼촌이 모시다 돌아가셨다.

재산이 축적되고 사회적 인지도가 높아질수록 할아버지는 세력에 대한 필요성을 절실히 느끼신 것 같다. 많은 아이들을 낳고 키우는 것이 가세를 확장하는 방법이라 인식하신 것이다. 특히 나이도 젊고 미모도 갖추었던 둘째 어머니 박씨(애칭으로 돔태기: 진월면 섬진강 강가 마을)와는 금실이 좋아 결혼생활 20여 년 동안에 10명의 자녀를 거의 연년생으로 낳아 키우셨고, 모두 체격이 좋고 미남, 미녀들이다.

2.
최고의 유산, 교육을 남기다

조부는 후손에게 재산이 아닌 교육을 남겼다. 교육은 세상에 살아가는 데 사용되는 가장 강력한 무기다. 그 당시 먹고살기가 힘들었고 고단하고 우울한 일제강점기였지만 자식 모두 고등교육을 시켜 희망의 씨앗을 파종했다.

실질적으로 집안을 일으키신 장남 현주는 중동학원 수학, 문묘 직원, 사업가였고, 차남 선주는 일본 중앙대학을 나와서 체신청장, 국회의원을 역임하였다. 3남 희주 백부는 일본 중앙대학 법학부 졸업, 부산·서울 철도청장을 지냈다. 4남 옥주는 일본 와세다대학 졸업, 제헌 국회의원, 5남 계주는 일본 중앙대학교를 나와 미군정 시절 경찰전문학교 교무과장 겸 교수를 지냈다. 6남 정주는 일본 중앙대학을 졸업한 후 마포경찰서장, 충남 도경국장, 한국전화번호부공사 사장을 역임하였다. 7남 범주는 고려대 졸업 후 시멘트회사에 근무했고, 8남 규주는 고향에 남아서 할머니를 모셨다. 9남 행주는 경찰공무원과 자영업을 하면서 자식들 모두 번듯하게 키웠다.

조부 김상의(商義, 1873. 2. 21.~1963. 4. 27.)

장녀 정순(貞巡, 1898년생, 하동 악양 김인태에게 출가, 농업)

장남 현주(鉉周, 1900~1950 卒, 호 원예(園藝), 중동학원 수학)

2녀 우순(又巡, 1904년생, 광양 진월면 진목 안성선(교육장 역임)에 출가)

2남 선주(善周, 1909~1975 卒, 일본 중앙대학 법학부, 체신청장, 국회의원, 체성회장)

3남 희주(禧周, 1912~1983 卒, 일본 중앙대학 법학부, 철도국장 (순천, 부산, 서울))

4남 옥주(沃周, 1915~1988 卒, 일본 와세다대학 법과, 제헌 국회의원)

5남 계주(桂周, 1916~1950 卒, 추정 남북 추정, 일본 중앙대학 법학부, 미군정 시절 경찰전문학교 교무과장 겸 교수, 감찰관)

3녀 금순(金巡, 1918~1943 卒, 순천 윤순호(총독부 관리) 출가)

4녀 영순(永巡, 1920~2011 卒, 하동 화계 용강 강만원(철도역장)에 출가)

6남 정주(廷周, 1922~2004 卒, 일본 중앙대학, 충남 경찰국장, 한국전화부공사 사장)

7남 범주(泛周, 1928~2011 卒, 고려대학교 경제과, 자영업)

8남 규주(圭周, 1930~2022 卒, 양정고, 과수 농업 경영)

9남 행주(行周, 1933~1995 卒, 양정고, 농업)

3.
노블레스 오블리주(Noblesse Oblige)

노블리스 오블리주란 높은 신분·많은 재산 등의 혜택을 누리는 사람이 그렇지 못한 다른 사람들을 도와야 한다는 높은 수준의 도덕적 의무를 의미한다. 노블레스 오블리주(Noblesse Oblige)는 불어인 Noble(귀족)과 Obliger(준수하다)의 합성어로 '귀족은 의무를 진다'로 알려져 있다.

경주 최씨 부자는 잘 알려진 진정한 조선 시대의 노블레스 오블리주를 실천했다. 그분만큼은 안 되지만, 조부는 사회에 좋은 영향력을 실천하셨다. 일제하의 어두운 시절에 우리 민족의 앞날을 약속하는 것은 오직 2세의 교육에 있다는 신념으로 사재를 털어 서당을 세우신 데 이어, 고을에 진상보통학교를 설립하는 데도 주역을 맡으셨다. 광복 후에는 광양군 내 첫 번째로 설립된 중등교육기관인 진상중학교에 거액의 재산 기부를 한 설립자의 한 분이셨다. 특별히 고등교육의 중요성을 인식하시어 1932년 민족대학인 현 고려대학교의 전신인 보성전문학교 재건에도 막대한 재산을 기꺼이 희사하셨다.

4. 송덕비(頌德碑): 지역사회의 발전과
후세 교육을 위하여

소백산맥의 정기(精氣)가 마지막으로 머문 영산(靈山) 백운산(白雲山)을 등에 업고 멀리 짙푸른 남해(南海)를 내려다보는 고장에서 김서임(金瑞任) 상의(商義) 옹(翁)께서는 오로지 지역사회의 발전과 후세 교육을 위해 평생을 바치셨습니다. 옹께서는 90 평생을 한결같이 지역주민들에게 자조(自助)와 협동(協同)의 정신을 일깨워 주시고 근검절약(勤儉節約)의 길을 솔선수범하시어 잘사는 마을로 육성하셨으며 막대한 사재를 미련 없이 털어 민족교육의 터전을 마련함으로써 우리 농촌에 희망의 등불을 밝히신 훌륭한 선각자(先覺者)이셨습니다.

상의(商義) 옹(翁)께서는 풍요한 마을 건설을 위해 우선 방천을 구축하여 대대로 내려오던 수난(水難)으로부터 농토를 보호하는 한편 마을의 진입로를 개설하여 유통을 원활하게 만들었을 뿐 아니라 일찍이 농사의 능률을 올리기 위해서는 충분한 휴식공간이 필요하다는 것을 깨달으시고 조산(造山)을 다듬어서 마을 사람들이 즐겁게 보낼 수 있는 공동 휴식처도 마련하셨으며 질병을 예방하기 위해 동네의 환경 개선에도 앞장서셨습니다.

상의(商義) 옹(翁)께서는 일제하의 어두운 시절에 우리 민족의 앞 날을 약속하는 것은 오직 2세의 교육에 있다는 신념에서 사재를 털 어 서당을 세우신 데 이어 이 고을에 진상보통학교를 설립하는 데 도 주역을 맡으셨으며 광복 후에는 광양군 내에서는 첫 번째로 설 립된 중등교육기관인 진상중학교의 설립자의 한 분이 되셨습니다. 옹께서는 특별히 고등교육의 중요성을 인식하시어 1932년 민족대 학인 현 고려대학교의 전신인 보성전문학교 재건에도 막대한 재산 을 기꺼이 희사하셨습니다. 옹의 교육에 대한 신념은 당신의 자손 들에게 재산보다 교육의 유산을 불려 주신 것으로 미루어 보아도 얼마나 투철하셨는지 헤아릴 수 있습니다. 상의 옹께서는 인간이 태어나 늙고 죽을 때까지 무슨 일이든 할 일을 가진 사람은 가장 행 복한 사람이라는 그분의 인생철학을 몸소 실천하셨습니다. 젊은 시 절은 사회에 봉사하는 데 바쁜 세월을 보내셨지만, 구순(九旬)의 고 령에도 불구하고 나무 심기에서 대바구니와 양산과 부채 만들기에 이르기까지 한시도 한가하게 지내신 일이 없었으며 당신의 장례비 용까지 미리 마련해 두신 뒤 이 세상을 떠나셨습니다. 조부의 고매 한 인격과 평생 남기신 훌륭한 업적을 기리기 위해 뜻 있는 분들이 함께 오늘 이 비를 바칩니다.

1988. 10.
旨郎 마을 새마을 지도자 및 주민 일동

조부님 송덕비(1988. 10.) 지랑마을 새마을 지도자 및 주민 일동 贈. 옆 바위에
구룡반석(九龍盤石)이라는 글이 새겨져 있다. 튼튼한 9형제가 탄생한 마을이라
는 의미다.

5. 송덕시(頌德詩): 한없는 은혜!

인생은 만남의 여정

아름다운 인연은 좋은 인생을 만들고

좋은 인생은 빛나는 미래를 창조합니다.

자랑스러운 구룡의 자손들

생명의 한 뿌리에서 나서 감격의 춤사위

나누고 덕을 베푸는 기쁨의 통로를 노래합니다.

매화꽃 피고 섬진강 물 넘실거리며

노란 유자꽃, 황금빛 곶감이 반갑게 손짓하는

행복의 열쇠, 고향 품으로 달려갑니다.

인고의 연습 없는 인생길

살아가는 것이 아니라 살아 내야 한다지요.

흙길도 함께 걸으며 꽃밭으로 변합니다.

하늘만큼 땅만큼 큰 은혜

그리움은 바람에 싣고, 희망은 무지개에 태워

갈 길을 가르쳐 주신 그분께 감사드립니다.

2024. 6. 시인 김진혁

한 알의 씨앗이 땅에 떨어져야 거목이 된다
(사진= 하재열 작가)

2장

교육에서 미래를 찾고
꽃을 피우다

김녕 김씨는 성품이 곧고 정직한 면을 갖고 있었지만, 조선 시대에는 관직에 크게 나타나신 분이 없는 것 같다. 조선 초 김녕 김씨할아버지 격인 김문기 선생의 충절을 기리고 사육신 중의 한 분으로 반열에 들어갔다.

김녕 김씨 돈녕공파의 조선 중엽부터 임진왜란(1592), 병자호란(1636), 신해사옥(1791), 홍경래 난과 민란시대(1811~1865), 동학혁명(1894), 청일전쟁(1894) 시대에 우리 할아버지분들의 묘지 터가다음과 같이 조사되었다.

임진왜란, 병자호란(1592~1636) 시대에 전남 순천과 경남 진해,고성 지역으로 이동하면서 생활했고, 청일전쟁의 혼란기에는 순천,광양, 진상의 지리산 남쪽 남해지역에 조용히 정착하여 생활한 것으로 추정된다. 순천, 광양, 진상지역은 한반도 아열대 기후로 살기에 적합한 곳이다. 특히 상의 할아버지가 정착한 진상면 상류지역인 억불봉에서 시냇물이 내려와서 광양제철의 광양만으로 흘러가는 수어천은 진상면 전 지역을 흐르고 있다. 유유히 흐르는 섬진강을 등 뒤에 두고 품위 있고 정감이 솟는 지리산과 백운산 억불봉은 넉넉한 관용과 정기를 발휘하는 아름다운 고장이다.

- 다 음 -

	세대순	연도별	묘지터
1	13세손	1550년	순천 하사면
2	17세손	1660년	경남 진해
3	19세손	1670년	경남 고성
4	20세손	1700년	전남 광양
5	21세손	1734년	순천 해룡
6	22세손	1756년	전남 광양
7	23세손	1804년	진원 차사리
8	23세손	1835년	순천 해룡
9	23세손	1878년	광양 옥룡
10	24세손	1903년	진원 차사리
11	25세손	1903년	진상 비평
12	25세손	1940년	진상 아천
13	26세손	1977년	광양

I. 부지런한 범재가 부지런하지 못한 천재보다 낫다

현주 큰아버지는 지혜로운 자산 운영으로 몰랑몰 김씨의 영화와 번영을 황금기로 일구었다. 논밭의 토지는 광양 동부지역에서 가장 넓은 땅을 소유하였으며 연간 2,000석의 수확량을 생산하고 그 지역의 임야인 산과 바닷가의 갈대밭, 소금의 염전, 기와 굽는 기와공장, 옹기그릇을 만드는 옹기그릇 공장 그리고 진상면의 상업지역인 C. B. D(Central Business District)의 대부분 토지를 보유하고 약국과 우체국을 건립하여 운영하는 등 완전한 지역경제의 공룡조직을 갖춘 것이다.

또한 타의 추종을 불허하는 엄청난 교육 투자로 진상중학교 설립에 토지 및 건설비용을 부담했고, 자신의 장남(진석)과 더불어 동생(선주, 희주, 옥주, 계주, 정주)분들을 서울의 명문 양정학교에 유학시키고, 더 나아가 모두 일본의 중앙대학, 와세다대학까지 유학을 보냈다.

평소 백부는 "동생 자식들 공부만 아니었으면 만석은 충분했을 것

백운산(白雲山), 섬진강(蟾津江), 수어천(水魚川)

이다. 만석을 채우려고 노력해 본 일도 없지만, 후회도 없다. 천 석이 넘어가면 더는 자기 재산이 아니다"라고 말씀하셨다. 경주 최씨의 종가 어른과 만남 이후에 부의 정신을 새롭게 구축하신 것이다.

백부는 세상은 급변하는데 아직도 농토와 열심만을 고집하는 할아버지에게 계획된 시위의 마지막 장면을 보이셨다. 젊고 미모가 특출했던 박본안 어머니의 장남인 현주 숙부는 어머니가 돌아가실 때 몇 날 며칠을 서럽게 울었다. 초기에 피땀 흘려 재산을 일구었고 할아버지가 모든 일에 의논을 한 소중한 어머니였다. 특히 숙부님이 장가도 들었고, 공부와 사회경험을 어느 정도 했지만, 조부님은 그것을 인정하려 들지 않았다. 권한과 자율을 허락하는 낌새가 없자 장자인 백부님은 어느 날 해외로 장사한다고 집을 나가 버렸다.

갑자기 집안의 대들보가 사라져 버렸으니 난리가 났다. 전국에 사람을 보내 수소문했지만, 알 길이 없었다. 한 달 후에 일본에서 편지가 왔는데, 여비가 떨어졌으니 송금하라는 요청이 들어왔다. 관리인을 시켜서 송금하고 빨리 집으로 돌아오라는 내용의 조부님 뜻을 편지로 전했다. 송금 후 두 달이 지났지만 아무런 소식이 없었다. 이번에는 만주 봉천에서 등기 속달이 왔다. 북경을 거쳐 귀국할 것이니 필요한 경비를 빨리 보내라는 것이다. 할 수 없이 송금을 보냈고, 그 후에도 약 한 달간 소식이 두절되었다.

조부님은 관리인에게 100원(당시 초등학교 교사 월급이 25~30원 정도)을 줬다. 이 돈을 받은 백부님은 평양에서 서울 간 유람 목적으로 처음 취항하는 일본 회사 비행기 6인승 단발기를 15원을 지급하고 탑승하여 여의도 비행장에 내릴 정도로 배포가 컸다. 며칠 후 하동에서 인편으로 고향마을로 돌아온다는 전갈을 받자 갑자기 집에는 활기가 돌고 할아버지는 음식을 준비하고 어쩔 줄 모르는 지경에 이르렀다.

몇 시간이 지난 후 마당에 돌아오는데 '싸릿대'를 한 묶음 짊어지고 마당에 내려놓고 "이 불효자식을 쳐 죽여 주십시오"라고 바닥에 엎드려 통곡한다. 할아버지는 이 광경을 보고 하도 어이가 없으셨던지 자리를 피하셨다. 그날 밤 할아버지는 사람을 불러 관리인 입회하에 모든 땅문서와 장부를 아들에게 넘겨주시고 사실상의 은퇴를 선언한 것이다.

2. 현주, 진취성과 근면 정신으로
일가의 부를 이루다

현주(字: 園藝, 鉉周) 백부님은 1900년 진상면 지계(智溪)에서 태어났다. 3살 때 지랑(旨郞)으로 이사해 성장하셨고, 조부님의 가업을 이어받아 가세를 성공적으로 키워 나가는 수훈을 세웠다. 백부님은 어려서부터 조부님의 사랑을 듬뿍 받고 자랐다. 조부님은 백부님께 유기 밥그릇 뚜껑에 손잡이를 달아 꽹과리를 만들어 주셨고, 고의춤에 아기를 넣고 다니다가 증조부로부터 야단맞기도 했다고 한다. 백부님의 성격은 치밀하면서도 대담했고, 사교적이면서도 따뜻하여 타의 추종을 불허했다.

어느 시골 도련님처럼 서당에서 교육을 받았다. 당시 언문, 일본어, 산수 정도를 서당에서 배우고, 15세 때 부모님을 처음 떠나 서울의 중동학원에 입학하여 약 2년 동안 신식교육을 받았다. 중동학원 2년을 수료하신 백부님은 집으로 돌아와 아버님(金商義 조부)을 도우며 보냈다. 17세 되던 해 이웃 동네인 옥곡(玉谷)면 금동(錦洞) 출신의 한 살 위인 정판순(鄭瓣巡)과 결혼하였다.

두 분의 금실은 유별나게 좋았고 돌아가실 때까지 사이가 극진했다. 소중한 동반자로 여기셨으며, 고생을 하신다 싶으면 조부님과 상의해서 도시로 가끔 이주시켜 단출한 핵가족 생활을 할 수 있도록 배려했다. 첫 도시가 부산으로 초량에 집을 사서 약 2년간 사셨다. 그렇다고 해서 절대 일 없이 도시 생활을 즐기시지는 않았고 사업과 연관 지었다. 20~30톤의 범선이 고향 수어천을 출발해서 3일이면 부산 내항에 들어온다.

그 범선에는 각종 양곡과 장작 그리고 김 등을 가득 싣고 와서 부산 거래처에 납품하였다. 이 사업은 소규모지만 상당한 이윤이 있었을 것이다. 대동아 전쟁이 막바지에 다다르고 모든 물자가 통제되면서 백부님은 다시 고향으로 돌아가셨다.

고향에서 8.15 해방을 맞이했고, 본격적인 사업을 실행했다. 2차 세계대전 막바지에 희주(禧周) 숙부가 평양에서 순천으로 전근을 오게 되었고, 곧이어 해방을 맞이한다. 일본인들이 급히 철수하자 순천 철도국에 남은 한국인으로서 최고위직이었고, 철도 행정의 공백을 메꾸기 위해 직원들의 투표로 철도대책위원장으로 선출되었다. 미 군정이 시작되면서 자동적으로 철도국장으로 추인되었다. 당시 철도가 최고의 운송수단으로서 백부님의 유통업에 큰 도움이 되기도 했다.

2월 21일은 조부님의 생신날이다. 장남인 백부님은 어디에 가 있어도 조부님 생신에는 꼭 참석해야 직성이 풀리는 효자 중의 효자였다. 이때 동생은 형님의 귀향을 극구 말렸다.

이유인즉 첫째, 피난민이 넘쳐나 배는 틀림없이 만원으로 위험하다고 예고했다. 둘째로 고향의 백운산과 지리산은 빨치산 출몰로 치안이 극히 험악하니 절대 고향에 가서는 안 된다는 주장을 숙부님께 전했다. 그러나 동생들의 간곡한 부탁도 백부님의 효심에 묻히고 말았다. 셋째 아들 진욱이와 함께 고향으로 향하던 부산~여수 간 연락선 창경호(昌景號)는 승선 인원의 3배를 태운 무게를 견디지 못해 다대포 앞바다 풍랑에 침몰하고 말았다. 백부님의 서거로 우리 집 가계는 성장이 멈추게 되었다. 정리 못 한 일들이 너무 많아서 지금도 "큰아버지가 살아 계셨다면 이런 일은 그렇게 되지 않았을 것이다" 등 아쉬운 소리가 메아리쳐 가슴이 아프다. 우리 가문으로서는 너무 큰 손실이었다.

현주님이 첫 번째 한 일은 변두리의 다락농토를 처분하여 교통이 좋고 비옥한 평야 지대의 땅을 산 것이다. 농토의 구조조정을 단행한 것이다. 그때 이웃 진월면의 안씨 부호가 재산을 탕진하여 싼값에 농지를 내놓았다.

두 번째, 유통업에 눈을 떠서 10월부터 2월 초까지 섬진강 하구 갯벌에서 생산되는 김(海苔)를 대량 입찰을 통해 확보한 후 서울의 남대문 시장의 거간을 통해 팔아 상당한 이익을 남겼다.

겨울에는 주로 서울에 계시면서 쌀과 김의 물주로서 세모의 서울 시장 시세를 좌우한 것이다.

세 번째, 동생들을 동경 유학 보내면서 일본과 무역을 시작했다. 처음에는 김을 수출하려고 했지만, 완도 지방에서 이미 상권을 장악한 상태로 포기하고 그 대신 농산물, 특히 참쌀과 팥 종류를 대량 수집하여 여수를 거쳐 일본으로 수출했는데, 일본 시장에서 단팥죽의 원료가 되어 인기가 많아 짭짤한 수익을 냈다고 한다.

무역 이외에도 국내 경제 상황을 꿰뚫고 계셨다. 신작로가 개설되고 자동차가 많이 다니면서 오일장이 본격적으로 열리는 시대였다. 버스 정류장에 면 주재소, 이발관, 점포 등이 생기면서 상가에 투자하셨다. 버스회사 '남철 버스 주식회사'의 주주가 되기도 했다. 농사 수입 외에도 현대식 자본투자 방식에도 참여하여 급격하게 부를 이룬 것이다. 직관력이 대단하셔서 전남도청과 강원도청을 연결하여 삼씨를 대량 구입해 와서 광양군 내 농가에 보급해 농가 소득도 올리게 했다. 이렇게 부를 축적하면서 전권을 인계받은 후 절정기인 1935년경 수(收)로 환산해 약 육천 오백석(곡식을 거두어들일

만한 논밭을 가진 큰 부자)까지 도달했다.

"만석꾼은 하늘이 만들고 천석꾼은 사람이 만든다"라는 말이 있다. 원예(園藝) 현주(鉉周) 님은 시골 벽촌 출신이었지만 지체 있고 교양 있는 삶을 사시면서 일가족의 기둥 역할을 하셨다. 사람들과 소통하기를 즐기셨고, 남다른 상인 정신으로 지방특산물인 김, 죽순, 곶감, 꿀 등을 정성껏 수집하여 우편으로 배달하는 오늘날 온라인 거래를 처음 시작한 것이다. 더 나아가 일본과의 무역 거래로 큰 돈을 버셨다. 훌륭한 평판으로 주변에 좋은 영향을 미쳤다. 인촌 선생에게서 감사의 답신 편지가 올 정도였다.

1946년 고려대학교의 전신인 보성전문학교는 운영의 어려움에 봉착하게 된다. 전라북도 고창군 출생인 인촌 김성수 선생은 교육 구국 이념과 항일독립 운동 정신을 모태로 하는 민족대학으로 고려대학교를 창립한다. 이때 인수에 필요한 자금을 요청하기 위해 숙부를 찾아온다. 현주 숙부는 선뜻 거금을 기부하였다. 진상중학교 설립의 주춧돌 역할을 하였으며, 오늘날 전국 유일의 항만·물류 분야 영마이스터 육성의 요람인 한국항만물류고등학교(전 진상농업고등학교) 설립 시 거금을 기쁜 마음으로 거액을 기부하셨다.

대단한 미식가로 요리를 직접 하여 주위 사람에게 베풀기를 즐기셨다. 술을 많이 드시지 않았지만, 애주가로 매실주, 유자술, 두충주(두충나무 껍질로 신허 요통, 신경통, 관절염에 좋은 약술)를 다락에 보관하고 있다가 손님이 도착하기가 무섭게 주안상을 준비하기도 했다.

당시 귀한 일본 생과자와 카스테라까지도 주안상에 올렸다. 특히 옷 입는 것에 신경을 많이 쓰셨다. 집에서는 주로 한복이었으나 출입 시에는 반드시 양복 정장을 하고 중절모, 여름에는 '파나마' 모자를 쓰셨다. 겨울철 사업차 서울에 올라가실 때는 카라에 물개 모피가 붙은 두툼한 외투로 멋쟁이 복장을 하셨다.

변화의 주체가 되어 세상을 깨우다

백부님은 동생들의 대학 진학을 극구 반대하신 할아버지께 "대학에 안 가면 면장밖에 못 합니다."라며 온 힘을 다해 설득하시느라 애를 썼다. 전처의 아들 둘은 그렇다 하더라도 후처의 아들 6명을 서울에 있는 중등학교 정도는 졸업시켜 취직하는 것으로 할아버지가 굳게 마음을 먹고 있을 때였다.

조선 말기 혼란스러운 관의 횡포를 경험한 조부님은 공부 많이 해서 출세시킬 생각보다는 평범하게 살기를 원했을지도 모른다. 특히 가산에 위협을 받을 교육비 지출에 걱정이 많았기 때문이다. 그러나 세상 물정과 변화를 감지한 숙부님은 교육 외에는 신분 상승할 길이 없다고 생각하셨다.

대학 진학률이 1990년도 33%, 2020년은 70%였다. 1940년대에는 고을에 한 명의 대학생이 나올 정도였는데 한 집안에서 다섯 명이 대학을 다닌다는 것은 예사롭지 않은 일이었다. 동생들 모두 영특하여 초등학교 때부터 우수한 성적을 낸지라 교육에 대한 열의는 더 컸다. 동생들의 간절한 소망이기도 한 유학 요청에 할아버지로부터 결심을 받게 된다.

"아버님! 동생들 교육비는 제가 어떻게든 마련하겠습니다. 유학 가는 것을 허락해 주세요." 그 결과 동생 선주는 군에서 한 사람 정도 입학이 될까 말까 한 경기고보(현 경기고등학교)에 당당히 입학했다. 그 후 일본 법관양성소라 불리는 주오대학(중앙대학)을 졸업한다.

숙부님들 대부분은 양정고보에 진학한다. 양정고보는 우리 집안과 특별한 인연이 있다. 궁중 소유의 땅이 지방에 많이 있었는데 엄비(嚴妃)가 양정재단에 기금을 출연하면서, 이 땅들이 학교 소유로 전환되었고, 매년 걷은 쌀을 송금해야 했다. 이때 백부님이 양정 재단의 지역 관리인으로 활약하였기에 당시 우리 집안에는 재주가 있건 없건 간에 무조건 양정고등학교에 진학하는 전례가 되었다. 희주 숙부, 옥주, 계주 정주, 규주, 행주 삼촌 모두가 양정 출신이다.

성격이 다부진 계주 숙부가 고등문관 시험 준비를 했으나 일본의 중국 침공, 대동아 전쟁 등으로 꿈을 이루지 못했다. 백부님은 동생들(선주, 희주, 계주, 정주)의 면학을 위하여 최선을 다했다. 일본 유학을 보냈을 뿐만 아니라 환경이 좋은 지역에 하숙을 시켰다. 대표적인 하숙집으로 동경 간다구(神田区)에 있는 신정관(神正灌)을 정했다.

고급하숙으로 매일 깨끗이 청소하고 식당에서 공동 취식을 하며 면회를 위한 거실까지 마련되어 있었다. 그리고 공부에 방해받지 않도록 독방을 배정했고, 각방에는 전화기까지 마련되어 있었다고 한다.

이런 훌륭한 하숙집에서 가장 큰 혜택을 본 사람은 우리 식구가 아닌 정주 숙부의 절친인 김치열(전 법무, 내무부 장관)이었다. 숙부님의 방을 방학 동안 김 장관이 쓰면서 학업에 열중하여 고등문관 시험에 합격하였기 때문이다. 당시 학비로 등록금을 제외하고 공동생활 경비로 월 150원은 당시 농토 200평짜리 두 마지기에 해당하는 큰돈이었다. 숙부님은 동생들을 타성에서 벗어나게 할 뿐만 아니라, 새로운 도약을 꿈꾸고, 거인의 시선으로 바라보게 한 것이다.

공평함으로 가족의 화합을 이루다

백부님 내외분들은 동생들을 공평하게 대우하려고 신경을 많이 썼다. 동생들을 자기 자식 이상으로 사랑했다. 올바른 직장만 가진다면 상토 100마지기(약 20,000평) 유산 받는 것과 마찬가지라고 생각하셨다. 동생들을 뒷바라지한 많은 에피소드가 있다.

첫째, 동생 선주는 일본 중앙대학 법학부를 졸업하고 경성의 식산은행(현 산업은행)에 들어가기로 되어 있었다. 당시 세계 대공항의 여파가 가시기 전이라 취직이 매우 어려웠고, 동경제대 출신들도 채소 '리어카'를 끌며 생계를 유지한다는 말까지 돌았던 때라 식산

은행 취직은 대단한 사건이 아닐 수 없었다. 의기양양한 선주 님은 신고차 고향에 내려와 할아버지께 자초지종을 고했다. 듣고 계시던 조부님이 질문을 하셨다. "야야, 은행이라는 게 돈놀이하는 데 아이가?" "예, 그렇습니다." "그래, 내가 돈은 좀 있다. 동생은 꼭 관리가 되어라." 당시 힘을 행사할 수 있는 관리가 되라는 말 한마디에 그 귀한 은행 취직이 무산되고 다시 원점에서 시작하여 전라남도 산업과의 판임관(지금 주사급)으로 사회에 출발하는 촌극이 있었다.

그렇다고 해서 자식 전부를 관리로 키우기에는 너무 많은 비용이 든다. 따라서 첫째 부인과의 자식들만 대학에 보내고 나머지는 모두 중등학교 정도 졸업시켜 하급관리 즉 군 직원 또는 소학교 교사 정도로 끝냈으면 하는 것이 조부의 생각이었고 이에 양보가 없었다.

그런데 자식들의 반란이 일어난 것이다. 둘째 할머니의 아들 4남 옥주, 5남 계주가 양정고보를 우수한 성적으로 같은 해 졸업(연년생이었음)을 하고 일본 와세다대학과 중앙대 예과에 각각 원서를 제출해 놓고 고향으로 내려왔다. 그런데 할아버지가 한마디로 퇴짜를 놓으시고 절대로 학비를 대 줄 수 없다고 선언했다. 둘은 할아버지에게 밤새 머리를 조아리고 울고불고했지만 소용이 없었다. 드디어 안채 할머니 방 골방에서 단식농성이 시작되었다. 단식한 지 3일째 옥주 숙부는 야밤에 할머니가 들여놓은 음식을 챙겨 먹기 시작했으나, 계주 숙부는 식음을 완전히 거절하고 죽겠다고 버티니 야단이 났다.

특히 사이가 좋았던 할머니가 "영감, 애들 죽이겠소, 좀 살려 주소."라고 읍소했으나 소용이 없었다. 평소 할아버지는 남의 이야기를 잘 듣지 않고 믿지도 않는 괴팍한 면이 있었다. 그러나 당신 주변에 딱 세 사람의 이야기는 좀 듣는 편이었다. 큰아들 현주, 학자이신 할아버지의 멘토 상묵 할아버지, 우리 집 모든 재산의 관리를 맡은 양일모 장로님 세 분밖에 없었다. 이 세 분이 번갈아 가면서 말씀을 드렸고, 끝으로 장남인 현주 숙부가 할아버지께 단도직입적(單刀直入的)으로 말씀드렸다. "아버님, 돈 때문이라면 제가 책임지고 벌어서 대겠습니다. 둘째 어머니 자식을 괄시하시면 후에 집안에 큰 우환이 될 수 있습니다"라고 간곡히 말씀드린 결과, 10여 일 만에 난제가 해결되었다. 모두 '윈 윈'한 결과로 백부님은 정말로 열심히 무역도 하시면서 가산을 불려 동생들이 원하는 만큼 공부를 시켰다.

둘째, 희주 숙부가 유학 시절 아주 심한 결핵을 앓고 일본 병원에 입원해서 장기치료를 받게 되었다. 백부께서는 직접 동경에 오셔서 병 수발을 감당했다. 수개월의 집중적인 병원치료 후 병세가 호전

되어 귀국하여 요양을 하게 된다.

폐병에는 구렁이, 독사가 좋다는 이야기를 듣고 전문 땅꾼을 고용하여 구렁이를 잡아 오게 했다. 큰 구렁이는 1원, 살모사는 50전 정도로 쳐 주다 보니 동네 사람들의 재정에도 큰 도움이 되었다. 잡아온 뱀을 껍질과 내장을 깨끗하게 벗긴 후 약탕기에서 약 한 시간 끓이면 뿌연 국물로 변한다. 숙부님은 이런 보살핌으로 6개월 이후 완쾌하여 복교하였다. 건강을 회복한 숙부님은 일본 중앙대학을 졸업 후 어렵다는 철도국에 취직하여 승승장구하여 서울·순천 철도국장까지 하시고 77세까지 장수했다.

소송사건에 휘말린 동생 구하기

옥주 숙부는 형제 중 가장 유능하면서도 가장 말썽이 많았던 분이다. 숙부는 '와세다대학'을 나온 후 일본 사람들도 취직하기 어렵다는 홍남비료공장에 입사하여 회계과 주임이 되었다. 안정된 직장이라 가족도 데려와 살림할 수 있었다. 그런데 불과 1년 만에 회계 부정에 연루되어, 사상문제까지 연결되어 유죄판결을 받고 평양의 복심법원으로 넘어가는 사건이 벌어졌다.

백부님은 함흥으로 쫓아 올라가 백방으로 손을 썼지만, 무위로 끝나고 평양으로 이송하게 되었다. 사건의 내막은 이렇다. 동경 유학 시절 절친했던 사회주의 성향(당시 동경 유학생 대부분이 사회주의 사상을 가짐)의 친구가 상해 임시정부의 지령을 받고 독립자금을 모집하느라 숙부를 찾아왔다. 숙부는 회계 전문가로 사용하지 않은 불용자산과 개인 월급 두 달분을 이 사람에게 준 것이다. 이미 경찰에 수배된 사람으로 친구가 돌아가는 기차역에서 잡혔다고 한다.

숙부는 만사 제쳐 놓고 거금을 챙겨 동생 구하기에 나선다. 다행히 평양 지방 철도국에 셋째 희주 숙부가 근무하고 있어 그 집에 여장을 풀고 다음 날 변호사를 선임하고 구명운동을 개시하였다. 철도국 관리의 보증과 유용한 돈 상환 그리고 숙부의 서약서를 제출하는 선에서 사건이 마무리된 것이다. 잘못됐으면 수년의 옥살이를 해야 하는 큰 사건이었지만, 백부님의 끈기와 집념으로 옥주 삼촌을 감옥에서 석방시켰다. 동생 사랑의 마음이 절실히 느껴진다.

그리고 고향으로 돌아온 옥주 삼촌을 진상초등학교 교사로 임용시켜 징병을 막았다. 후에는 5.10 국회의원 선거에서 무난히 제헌 국회의원으로 당선시켰다.

3. 선주, 정치가, 테크니시언으로서
근대화를 이끌다

아버님(金善周, 1909~1975)은 1909년 1월 25일 지랑(旨郞) 마을에서 2남으로 태어나셨다. 새집으로 이사한 후의 득남이라 할아버지는 대단히 기뻐하셨다. 관(官)의 횡포에 많이도 당했던 조부님은 어떠한 일이 있어도 신식 교육을 해 관인(官人)으로 키우는 것이 소망이었고, 첫 수혜자는 당연히 우리 아버님일 수밖에 없었다. 공부도 잘했지만 가정 경제의 뒷받침이 큰 힘이 되었다.

서당을 거쳐 기성(期成) 단계부터 우리 집안에서 적극적으로 지원했던 면내 첫 4년제 소학교를 우등으로 졸업하고, 광양 읍내의 소학교에 진학했다. 광양 소학교 동기들은 쟁쟁했다. 민주당 신파의 거물이었던 엄상섭(嚴詳燮) 의원, 같은 당에서 민주당 정권 때 법무부장관을 지낸 조재천(曺在千) 선생, 우리 교육계의 큰 스승이었던 장준화(張俊華) 선생 등 쟁쟁한 면모들이었다. 아버지 소학교 졸업시험 때 수학 문제 하나를 푸는 과정에서 접근방법에 문제가 있었던 모양이다. 이미 경성고보에 원서를 제출해 놓고 있었던 터라 담임선생님이 매우 불안해 다른 동급생은 모두 보내 놓고 박 선생님이 아버님을 붙들고 처음부터 상세하게 설명했고, 유사한 문제를 내서 풀어 보게 해 그 문제만은 통달할 수 있게 했다. 지금 생각하면 6학년 산수 문제에서 제일 어렵고 헛갈리는 문제로서 '학과 거북이' 문제인 것 같다. 푸는 방법을 완전히 터득한 아버님은 천운이었던지 바로 그 문제가 출제되어 산수는 100점 만점에 가까웠다고 한다. 합격에 다소 자신은 있었지만 언어, 상식 등 다른 과목이 있고, 내로라하는 전국의 수재가 집합하는 곳이라 마음을 놓을 수가 없었다.

따라서 2차인 중앙고보에 원서를 내고, 아침 소집에 응하고 중앙교정에서 줄을 서고 있는데, 흰 두루마기에 벌렁벌렁 춤을 추며 접근하는 현주 님을 보았다. 저분이 좀 실성을 했나 생각하는 찰나에 "선주야! 이리 나오느라, 마 합격했다!"라는 고함에 한동안 멍했다고 한다. 옆에 섰던 조재천 씨는 망연자실했다. 조 선생은 낙방을 했고, 중앙중학에 일 년을 다니다 학비 때문에 다시 시험을 쳐서 대구사범으로 내려갔다. 그리고 엄 의원은 처음부터 광주사범 특과에 입학하였고 후에 조 장관과 함께 교유(敎諭)의 길로 들어선 것이다. 그 후 뜻을 세워 일본강점기 사법고시(고등문관시험)에 합격하여 둘 다 법조인이 되었다.

아버님의 경성고보(현 경기고교) 합격은 우리 집안의 큰 경사였고, 주변의 주의를 끌어오는 데 충분했다. 합격 후 인사동의 김태석 (金泰錫) 선생 댁에 하숙을 정했다. 삼촌들이 하나둘 상경함에 따라 인사동 하숙은 우리 집안의 한양 거점이 되어 갔다.

1920년 당시는 지금과 달리 조혼의 경향이 있었다. 여식(女息)은 15세 정도가 되면 정혼 문제가 시작되면서 신부의 모친이 혼수를 하나둘 준비하기 시작한다. 남자 측도 여기에 질세라 17, 18세가 되면 혼사 문제를 집안에서 거론하기 시작했다. 대부분 여자가 한두 살 위의 나이를 선호했다. 민며느리로서 노동력 때문이라고 했다. 부친은 고보 3학년 때부터 규수를 물색해 왔는데 백부님 원예(園藝)는 내심 동생의 짝이 될 규수를 마음으로 정해 놓고 있었다. 절친한 친구의 누이동생을 마음에 둔 지가 꽤 오래되었다. 다만 문제는 만주 북간도에 가 있는 것이 문제였다. 백부님이 어느 날 나의 외숙이 되실 서운(棲雲)에게 넌지시 운을 떼었더니 의외로 반응이 좋았다. 그러나 500년의 전통을 자랑하는 비촌 황(黃)씨와의 혼사는 간단한 것이 아니었다. 당시에는 신랑, 신부만의 결함이 아니라 두 집안의 연합을 의미하기 때문에 절차가 대단히 복잡했다. 지랑 김씨 측에서는 조부, 백부 그리고 당사자인 부친이 OK 하면 간단하지만, 황씨 측에서는 동편과 서편이라는 양대 산맥이 있어 혼사 문제는 일단 원로회의에서 비준이 되어야 하는 집안의 대사(大事)였던 것이다. 지랑 김씨는 신흥 벼락부자에 내세울 만한 속보가 못 되었다. 국내 최고 중등 교육기관에 다니는 영재라는 점, 돈이 좀 있다는 점 정도가 대응 요건이었다. 그런데 진월면 대리(大里)의 전통이 있는 집안인 송씨 가문에서 비촌 황씨와의 혼담이 진행 중이었다.

친구였던 원예와 서운은 우선 작전을 세웠다. 두 분이 직접 나서면 불리하다는 것을 알고, 나의 외조모의 오빠 되는 당시 진상면의 허(許) 면장을 중매로 내세우기로 했다. 허 면장은 '느제' 동네에 사시면서 면에 출퇴근을 할 때 아침저녁으로 비촌을 통과하게 되어 있었다. 원로들에게 지랑 김씨의 좋은 점을 계속 이야기하고 신랑감도 좋은 재목이라는 것을 수기로 세일즈 했다. 그런데 난공불락이었다. 원로들이 내세우는 소리가 김씨에게 매우 모멸감을 주는 정도였다. 이때쯤 서운은 북간도에 연락해 누이동생을 고향으로 내보내도록 수배를 해서 호송 외삼촌과 장차 아버님의 큰동서가 될 전주 이씨가 에스코트해서 일주일 만에 만주에서 비촌으로 내려오게 되었다. 잘 풀리지 않고 초조해진 데다가 치졸한 소리까지 듣게 된 백부는 마지막 카드를 꺼내 들 수밖에 없었다. 즉 방법은 협박이었다.

서운(棲雲)의 증언

하동장에서 주물 판매점에서 일을 하고 있는데 원예가 홀연히 나타났다. 마침 점심시간도 되고 해서 인근에 있는 청요릿집으로 안내를 했다. 자리에 앉자마자 신문을 둘둘 말아온 묵직한 물건을 식탁에 '쾅' 내려놓더니, "오늘 나 밥 생각 없네. 늙은 원로들이라는 게 개화되는 세상 돌아가는 것도 모르고 우리 몰랑몰 김씨를 그따위로 괄시를 해. 내가 더 못 참겠네. 혼사도 뭐고 없던 것으로 하고 제가 얼마나 양반인지 나의 도끼 맛을 좀 보여 줘야겠네." 하면서 다시 한번 가져간 도끼를 들었다가 상을 내리쳤다.

이에 놀란 서운은 원예의 손을 움켜잡고 "이 사람아, 내가 독단적이라도 오늘 돌아가서 일방적으로 선언해 버리겠네. 노여움을 풀고 집으로 돌아가게, 나에게 맡기고 빨리 넘어가게." 하면서 진압에 열을 올렸다 한다.

이런 서운의 결단이 주효하여 약 6개월 후 끌어왔던 혼담은 끝이 났고, 1928년 3월 봄에 드디어 혼례가 이루어졌다. 부친이 4학년 때였다.

나의 모친은 1908년 10월 23일생으로 아버님보다 한 살 위였다.

망명 생활 속에서 만주에서 청소년 시절을 보내고 정상교육은 접하지 못하였으나 글을 깨쳤고 소설 등 책 읽기를 좋아했다. 주변 분들의 이야기에 의하면 어머님은 동정심이 강했고, 눈물도 많았다고 한다. 수줍음이 많고 순종형이라고 했다, 그리고 자식들에 대한 애착이 매우 강해 셋째를 낳고 난 다음부터 건강이 약해지면서 아이들에 관해 항상 걱정을 많이 하셨다. 특히 둘째인 내가 외향적이고 좋게 말해 좀 활달해서 어머님의 통제가 필요하다고 느끼셨던 모양이다.

그 시절 여필종부(女必從夫)형의 대표적인 예라고 할 수 있다. 특히 아버지와 교육 정도의 차이, 해외문물을 접한 경험 등이 큰 차이가 있어 젊은 시절은 부친의 생각과 행동이 모두 다 옳은 것으로 알고 따랐을 것이다. 지금 생각해 보면 34세의 젊은 나이에 세상을 뜨셨지만 내 기억에 한 번도 어머니가 부친과 다투는 것을 본 적이 없다. 어머니는 본격적으로 아프기 시작한 것은 둘째 여동생 영희가 죽은 다음부터였다. 한창 재롱을 떨던 동생이 소화불량으로부터 급격히 건강이 악화한 것이다. 무의촌 의사로 갓 부임한 '세브란스 의전' 출신 미남 평산 신씨가 아침저녁으로 왕진을 와서 최선을 다했지만, 영희는 세상을 뜨고 말았다. 어머니의 충격은 이루 말할 수가 없었으리라. 그때부터 어머니의 눈에는 눈물이 마를 날이 없었던 것 같다. 긴장의 나날이 계속되었다. 어머니의 병세는 나빠졌고, 어느 날 초저녁, 이웃집에서 미음을 쒀 온다, 고약국이 다녀간다 분위기가 심상치 않았다. 안방에서 큰 울음소리가 들려왔다. 할머니와 외가에서 간호차 와 있던 민들 애미 할멈의 울음소리 같았다.

'아, 돌아가시는구나'라는 처참한 생각이 들었다. 얼마 후 안방으로 불려 들어갔다. 흰 강보에 덮여 있는 어머니의 얼굴을 우리들에게 살짝 보여 주면서 "느이 어머니 저세상으로 갔다. 불쌍하게" 하면서 복개 할머니가 슬피 우셨다. 어머니 처녀 시절, 그 모진 삭풍 속의 북간도 생활이 얼마나 힘드셨을까? 부모 따라 오백 년 고향산천을 등지고 가신 망명길에 고생도 많았으리라. 과년해서 새신랑 맞으러 고향 땅을 오랜만에 밟고 아들딸 낳고 살림 솜씨가 익어 갈 무렵 병마가 우리 어머니를 요절낸 것이다.(병명은 결핵성 복막염이라 했다)

삼오제 날 외숙 서운 님이 집에 오셨다. 외조모님의 충격을 보살피려고 내내 비촌에 계셨던 모양이다. 형제 간 우애가 각별했던 우리 외가의 전통은 유명하다. "이 네 아이들을 위해서도 자네가 빨리 재혼을 해야 하네." 시윤 외숙이 우리 아버지에게 당부한 말씀이었다. 6개월 후 아버님은 처녀장가를 다시 드시고 우리는 새어머니를 맞이하게 되었다. 계모님은 이 세상을 뜨실 때까지 전처, 후처 자식 8명을 갈등 없이 잘 키웠다.

아버님은 벼슬을 하라는 할아버지의 간곡한 당부로 도(道)의 관리로 출발하셨다. 산업과의 판임관(判任官)으로 들어가셨는데 '턱시도(연미복)'을 빌려 입고 도지사에게 임명장을 받았다고 한다. 지금 대한민국 정부의 직위로 치면 주사(主事) 정도의 직급이라 하겠다. 당시 도지사는 칙임관이라고 해서 황실이 임명을 하고, 과장 군수 고등관으로서 수상 또는 총독의 사령에 의해 임관되었다. 보수가 좀 박했던지, 시골 큰댁에서 우리 집으로 쌀가마가 남철(南鐵) 버스 편으로 가끔 도착했다. 마차 택배 꾼이 쌀과 함께 집에 찾아오면 어머니가 매번 동전 몇 푼을 주어 보내는 것을 보았다. 그것은 배달비였는지 아니면 소위 '팁'이었는지는 알 수 없다. 아버님은 1948년 봄 인천 우체국장으로 전근되셨다.

아버님 약력에 대해 알아본다. 김선주 님은 광양공립보통학교, 경성제일공립보통학교, 일본 주오대학 제1예과, 주오대학 법학부를 졸업하였다.

귀국 후 전라남도청 내무부 지방과에서 속(屬)으로 근무했으며,

1940년부터 1941년까지 부산체신분장국 구내우편소 산하 섬거우 편소장을 지냈고, 일제강점기 말에 진주 우편국장(現 진주우체국장)을 지냈다.

8.15 광복 후 1946년 부산체신청(現 부산지방 우정청) 총무과장, 1947년 8월 12일부터 1948년 7월 3일까지 제5대 인천우체국장, 1948년 체신부 서무과장 및 감사과장(서기관), 1950년 서울보험 관리국장, 1951년 체신부 부국장(이사관), 1952년 서울저금관리국장, 1952년 11월 3일부터 1953년 9월 1일까지 제2대 대전체신청장(現 충청지방 우정청장), 대구체신청장, 1953년 9월 2일부터 1954년 11월 2일까지 제8대 부산체신청장(이사관), 1954년 11월 3일부터 1958년 2월 8일까지 제6대 광주체신청장(現 전남지방 우정청장), 1958년 2월 8일부터 1959년 10월 13일까지 제12대 서울체신청장(現 서울지방 우정청장), 1959년 10월 16일부터 1960년 5월 11일까지 제11대 부산체신청장, 1960년 5월 12일부터 1960년 6월 12일까지 제14대 서울체신청장 등을 역임했다. 이 밖에 전남대학교 대학원에 강사로 출강하기도 했다.

1960년 7월 29일 치러진 제5대 국회의원 선거에서 무소속 후보로 전라남도 광양군 선거구에 출마했으나 민주당 김석주 후보에 밀려

백운산(白雲山), 섬진강(蟾津江), 수어천(水魚川)

낙선했다. 이후 민주공화당에 입당해 전라남도 제8지구당 위원장, 중앙상임위원 등에 취임했으며, 1963년 제6대 국회의원 선거에서 민주공화당 후보로 전라남도 광양군(現 광양시) 구례군 선거구에 출마하여 당선되었다. 임기 동안에 민주공화당 국회대책위원, 국회 교통·체신분과위원회 위원, 한일외교협회 부회장 등을 겸했다. 1975년 11월 21일 오후 8시 20분에 서울특별시 중구 동자동 19-105번지 자택에서 노환으로 사망했다.

국회의원으로 나서게 된 이유 중 하나는 당시 각광받는 산업으로 체신에 오래 근무했던 경력이다. 체신업무는 오늘날로 따지면 테크놀로지에 계신 덕이다. 재임 시 서독 의회제도 및 교체(交遞) 분야를 시찰하기 위해 서독에 가셨다. 친구였던 김성곤 의원 등의 권유도 있었으리라 본다.

4. 희주, 신뢰와 품격으로 풍류를 즐기다

엄마와 3월의 마지막 날에 석촌호수를 걸으며 봄을 만끽하고 있는데 갑자기 외할아버지에 대한 글을 쓰라고 하신다. 가족 秦 자 항렬의 집안 책을 만드는 데 넣는다고…. 정말 오랜만에 떠올린 이름이다. 김, 희 자, 주 자 나의 할아버지… 그렇게 추억이 많았는데 그동안 너무 잊고 살았다. 내 나이도 환갑을 넘겼는데 그때 나의 할아버지는 몇 살이셨을까? 나보다 어리신 건 아니었는지.

내가 기억하는 김희주 외할아버지는 아프리카에서 한국으로 국민학교에 입학하기 위해 나만 혼자 돌아온 1971년경이었을까? 엄마, 아빠, 가족을 모두 떠나서 8살인 나는 노량진 외할아버지 댁에 맡겨졌다. 어렸을 때 기억 때문인지 한동안 노량진 집은 내가 힘들 때 꿈에서 자주 나타나서 나의 안식처가 되어 주곤 했다.

할아버지는 정말 부지런한 분이셨다. 아침 일찍 일어나시는 할아버지 할머니와 방을 같이 쓴 나는 일찍 일어났다. 일어나시어 노량진 집을 한 바퀴 조깅하시면서 이모들 방과 삼촌 방의 창문을 여시면서 "아침이다. 일어나라" 하고 소리치셨다. 나는 그 옆에서 같이 뛰면서 "이모 일어나. 삼촌 일어나~~" 소리치며 하루를 시작했다. 그리고 나선 은행나무와 라일락 나무 앞에서 맨손 체조를 하셨다. 그 옆에는 따라쟁이인 내가 같이 있었다.

그리고 나선 노량진 김희주 씨 댁 앞의 골목을 다 비로 쓰셨다. 그리고 보니 정말 부지런하셨네. 그때 그 골목 앞에는 차가 못 들어오게 돌이 세워져 있고 그 길은 항상 깨끗했던 것으로 기억한다. 근데 사실 이 기억도 50년 이상 지난 내 머릿속의 기억이니 혹시 읽으시는 분 중에 '아니야' 하시는 분이 계시면 넘어가 주길 부탁합니다.

할아버지는 또한 자상하시기도 했다. 자녀를 8명이나 키우셨을 때는 아무 그런 모습을 못 보이셨을지도 모른다. 나는 노량진 집의 목욕탕을 좋아했다. 할머니, 할아버지와 목욕하면 나는 할아버지의 구수한 노래를 감상할 수 있었다. 근데 노래 제목이 생각이 안 난다. 좀 서운하네. 혹시 꿈이라도 찾아오셔서 한번 불러 주시면 기억하게 될까?

다시 돌아가서 목욕을 마치면 내가 기다리고 기다리던 시간이다. 할아버지는 허리춤에 하얀 타월을 두르시고 노량진 집의 상징인 은행나무 밑 의자와 테이블 앞에 앉으신다. 그리고 맥주 한 병을 가지고 오셔서 시원하게 꼴깍꼴깍 드시면서 "아이, 시원하다~" 말씀하시면서 나에게는 사이다 한 잔을 건네 주셨다. 나도 할아버지 따라서 맛나게 마신다. 목욕하고 난 후라서 볼 빨간 내 얼굴이 서서히 돌아온다. 목욕 후의 사이다 한 잔, 못 잊을 추억이다. 할아버지, 할머니 두 분과 내가 함께한 시원한 순간이다.

할아버지는 무서우실 땐 정말 무서웠다. 나는 한국 초등학교에 입학하고 한글과 구구단을 외워야 했다. 부모님과 떨어져서 할아버지, 할머니 품에서 어리광만 부릴 때 잘 받아 주셨지만 필요하시면 엄격하셨다. "이 일은 이, 이이는 사, 이 삼은 육." 구구단 외우는 소리다. 할아버지와 할머니가 같이 외워 주셨다. 그리고 틀리면 회초리를 드셨다. 정말 같이 열심히 외웠다. 매일 저녁 자기 전에 요 위에서도 외웠다. 구팔은 칠십이. 구구 팔십일. 와, 성공. 오늘은 야단 안 맞고 자겠다. 야호~~~

그 이후에 나는 이란에서 학교를 다닐 때 할아버지 덕분에 구구단을 잘 외워서 외국인 학교에서 구구단과 수학을 잘하는 학생이었다. 왜냐면 외국 애들은 나와 같은 할아버지가 없어서 구구단을 마스터 못 한 것 같다. 할아버지, 고맙습니다. Thank you, grandpa~~

할아버지는 풍류를 아셨다. TV에서 국악공연을 방송할 때면 북을 들고 나오신다. 북을 치면 고수가 하듯 '얼쑤 얼쑤', '허, 좋다', '잘한다. 그렇지' 추임새다. 그래서 그런지 나는 지금도 춘향기의 한 마당인 "이리 오너라 업고 놀자 사랑, 사랑 내 사랑이로구나…" 같은 판소리를 많이 안다. 북을 멋드러지게 치시면서 추임새를 넣던 나의 할아버지, 김, 희 자, 주 자 할아버지. 정말 낭만과 멋을 아셨던 분이셨다. 할아버지의 추임새 한 번 더 듣고 싶네요. 할아버지, 나의 할아버지. 젊으셨을 때는 기생과 안숙선 등 명창의 소리를 많이 들으셨다고 한다.

참, 할아버지의 커피 사랑도 잊지 말아야지. 할아버지는 정말 커피를 좋아하셨다. 할머니의 안방 장롱 속에는 커피가 있었다. 커피가 귀하였던 시절이라 해외에서 오는 분이 선물한 테이스터스 초이스 커피를 할아버지가 장롱 속에 보관하신다. 그리고 드시고 싶을 때 한 잔씩 타서 맛나게 드신다. 그리고 나에게 그 귀한 커피 한 숟갈을 내주신다. 나는 병아리처럼 맛있게 호로록 마신다. 나는 할아버지의 커피 친구였다. 참 그 장롱에는 맛있는 것도 많았다. 가끔 커피와 같이 주시는 간식도 정말 잊지 못한다. 정말 맛있었는데.

내가 기억하는 할아버지는 엄마에게 들었던 일본 중앙대학교 법학과 졸업 후 대학원까지 유학하시고 한국에 돌아오셔서 평양 철도국에 근무하시고 초대 순천 철도국장을 지내신 분이 아니다. 그리고 이화여대를 다니던 큰딸인 나의 엄마를 찾아오셔서 명동에서 친구들과 같이 식사를 사 주시고 가시는 멋진 양복을 입은 할아버지의 모습도 아니다.

일제강점기에 일본 유학 가기 위해 기차표를 샀는데 금액이 안 맞아서 얘기했더니 일본에 가시면 그날 정산하고 금액이 남으면 연락 주겠다고 하고 정말 연락이 와서 정직함에 반해서 철도국에 대한 신뢰를 느끼고 그 시대의 최첨단 교통수단인 철도에 반해서 입사하고 근무하시고 퇴직하신 할아버지는 아니지만 정말 멋지게 사시고 자녀와 손주들에게 좋은 기억과 추억을 주시고 떠나신 분은 분명하다.

　나는 할아버지가 하늘나라로 가시는 날 정말 많이 울었던 걸로 기억한다. 너무 많은 소중한 추억을 남겨 주시고 가신 멋진 할아버지. 나는 최근까지 1년에 한 번은 어머니, 아버지를 모시고 나의 할아버지, 할머니가 누워 계시는 한남 공원묘지에 간다. 엄마는 할아버지가 좋아하시는 커피를 준비하시고 나는 할아버지와 한 번도 같이 마신 적 없는 보이차를 우려서 간다.
　이렇게라도 할아버지와 할머니와 내가 좋아하는 차를 나누고 싶어서….
　고맙습니다. 사랑합니다. 김희주 할아버지… 그리고 김백금 할머니….
　우리 나중에 하늘나라에서 만나요.

글 김진례 큰딸 강은선

좌측부터 진숙, 강경구 사위, 소자, 강은선, 김백금 할머니, 진선, 희주 님

5. 옥주, 젊고 유능한 초대 국회의원

1915년 6월 3일 전라남도 광양군(現 광양시) 진상면 지원리 지랑 마을에서 태어났다. 광양공립보통학교, 양정고등보통학교, 일본 와세다대학 전문부 법률과를 졸업하였다. 와세다대학 재학 시절 불온 학생으로 예비검속 대상이 되기도 했다. 졸업 후에는 귀국해 평안남도 순천시에 있던 조선화학공업주식회사에 입사하였는데, 사원으로 재직 중 조선인 노동자 대우 개선 투쟁을 전개하다가 반일사상 혐의로 10개월간 옥고를 치렀다. 8. 15 광복 후 광양 진상국민학교 교사를 역임하였다.

1948년 제헌 국회의원 선거에서 무소속 후보로 전라남도 광양군 선거구에 출마하여 당선되었다. 같은 해 6월 대한민국 헌법 및 정부 조직법을 기초할 때 기초위원으로 참여했고 10월 여순 사건에 연루되었다.

1949년 3월 국회 프락치 사건에 연루되어 징역 6년형을 선고받고 수감되었다. 이듬해인 1950년 6. 25 전쟁이 일어나자 출옥하였는데,

그해 7월 노일환 등과 함께 월북하였다.

이후 1957년 7월 재북평화통일협의회(在北平和統一協議會) 상무위원을 역임하다가 1959년 1월 숙청되었다는 것이 확인되었으며, 지병인 위장병을 앓다가 1980년 9월 12일 북한 평양시에서 사망했다.

1949년 6월 21일 여름, 새벽을 깨우는 대문 두드리는 소리에 가족 모두가 선잠에서 깨어나 어리둥절했다. 장소는 서울 서대문구 북아현동에 있는 체신부 총무과장 관사 우리 집이었다. 형님 진규가 황급히 나가 "누구세요"라고 하니 "서에서 왔소, 문 여시오"라고 했다. 밖에는 검은 지프 한 대가 서 있고, 건장한 3명이 현관에 들이닥쳤다. 숙부 옥주 님은 파자마를 입은 채 서 계셨다. "김 위원님, 조사할 것이 있어 서에 좀 같이 가셔야 하겠습니다." 숙부님은 이미 각오가 된지라 옷을 갈아입으시고 순순히 그들을 따라나섰다. 전날 초저녁 돈암동의 백부님, 경찰 간부로 계시다 쉬고 있는 다섯째 숙부 계주 님이 오셔서 옥주 숙부님의 '외군 철수' 등 최근의 정치적 행보에 대하여 불만을 이야기하는 것을 듣고 4형제 대화가 심상치 않음을 직감했다. 계주 숙부는 국회 휴회 중이니 틀림없이 연행 구속할 것이라면서 일시 피신할 것을 간곡히 주장하고 나섰다. 이에 옥주 숙부는 고집이 대단한 분이시라 "외군 철수 뭐 그것이 죄인가요? 하나도 잘못이 없는데 무엇 때문에 도망을 다닙니까"라고 하셨다. 이에 백 부님도 수일 전에 이미 구속된 이문원 의원 등 3명의 이름을 거명하며 "잠시 좀 피해 있거라" 하고 종용하셨다. 그러나 옥주 숙부는 너무 당당하셨다. 이때 내가 느끼기는 숙부는 죄진 게 없구나, 음모에 가담한 분이 아니라는 확신이 들었다. 다음 날 도하(都下)신문에 국회 프락치 사건이 대문짝만 하게 나왔다.

국회 프락치 사건

국회 프락치 사건은 한 마디로 1949년 5월부터 1950년 3월까지 남조선노동당의 프락치 활동을 했다는 혐의로 현역 국회의원 10여 명이 검거되고 기소된 사건이다.

이 사건의 역사적 배경은 1948년 5월 10일에 실시된 남한 단독선거의 결과로 구성된 제헌국회에는 1948년 말경부터 보수 야당인 한국민주당과 별도로 '소장파'라고 불리는 세력이 형성되었다. 이들은 민족주의적인 입장에서 반민족행위자 처벌, 남북의 자주적 평화통일 등에 소극적인 태도를 취하는 정부를 강하게 비판했다.

이승만 정권은 1948년 10월에 발생한 여순 사건으로 그 기반의 취약성이 드러나자 경찰과 미군이라는 물리적 폭력에 의지하고 있었다. 당시 소장파 의원들이 적극적으로 지원한 반민족행위특별조사위원회의 활동은 친일경력을 가진 이들이 많았던 경찰력을 약화시킬 수 있는 것이었다. 또한 미소 양군의 철수를 요구하고 미 군사고문단 설치에도 반대한 소장파 의원들의 활동은 이승만 정권의 근간을 뒤흔드는 것이었다.

실제로 6월 말까지 미군이 전면 철수를 하게 되는 상황이 되자 이승만 정권은 1949년 봄부터 한국민주당의 후신인 민주국민당과 제휴하여 위기국면 돌파를 시도하고 있었다.

사건의 경과는 다음과 같다. 1949년 5월에 현역 국회의원인 이문원(李文源), 최태규(崔泰奎), 이구수(李龜洙) 등 3명이 검거된 것을 시작으로 6월에는 황윤호(黃潤鎬), 김옥주(金沃周), 강욱중(姜旭中), 김병회(金秉會), 박윤원(朴允源), 노일환(盧鎰煥), 김약수(金若水) 등 7명이, 8월에는 서용길(徐容吉), 신성균(申性均), 배중혁(裵重赫) 등 3명이 국가보안법 위반혐의로 검거되었다. 6월까지 검거된 이들은 경찰서가 아니라 헌병사령부에 수감되어 변호인 접견이 금지된 상태로 취조를 받았으며, 7월 11일에 의견서와 함께 헌병사령부에서 서울지방검찰청으로 송치되었다.

7월 2일 국방부는 국제연합 한국위원단에 외국군 철퇴와 군사고 문단 설치에 반대하는 진원서를 제출한 이들의 행동이 남조선노동 당 국회 프락치부의 지시에 의한 것이며, 이들 가운데 이문원과 노 일환이 남로당에 가입해 국회 프락치로 활동했다고 발표했다. 이후 7월 30일에 10명의 국회의원들이 기소되었으며, 9월에는 8월에 검 거된 3명이 추가로 기소되었다.

재판은 사광욱(史光郁) 주심판사, 박용원(朴容元), 정인상(鄭寅 祥) 배심 판사의 참석하에 오제도(吳制道), 장재갑(張載甲) 검사가 입회했다. 1949년 11월 서울지방법원에서 개정된 공판정에서 피고 인들은 모두 남로당과의 관계를 부인했으며 취조 과정에서 자백한 내용이 고문으로 인한 허위진술임을 주장했다.

하지만 재판부는 이들의 주장을 전혀 받아들이지 않았고, 검찰에 서 '증제1호'로 제출한 남로당 국회프락치부의 「국회 내 투쟁보고서 (3월분 국회공작보고)」라는 암호문서에 대해서도 아무런 검증 없 이 증거능력을 인정했다. 1950년 2월의 구형 공판에 이어 3월 14일 에 언도 공판이 열렸는데, 재판부는 검찰 측 주장을 전면적으로 받아들여 이들의 행위에 대해 "결국 우리 동족 간에 비참한 살육전을 전개하고 약육강식의 무자비한 투쟁을 초래하여 우리 대한민국을 중대한 위기에 봉착게 하고 국가의 변란을 야기하여 마침내는 공산 독재정권을 수립하려고 함에 그 의도가 있었다고 볼 것"이라며 "도저히 용허할 수 없는 국가와 민족에 대한 반역이요 단호히 배격하여야 할 이적행위"로 규정해 노일환·이문원에게 징역 10년, 김약수·박윤원에게 징역 8년, 김옥주·강욱중·김병회·황윤호에게 징역 6년, 이구수·서용길·신성균·배중혁에게 징역 3년, 최태규에게 징역 3년과 벌금 10만 원을 각각 선고했다.

이에 피고인들은 모두 항소했으나 항소심이 시작되기 전에 한국전쟁이 발발해 인민군의 서울 점령에 따라 형무소에서 풀려난 피고인들 대부분이 월북 또는 납북됨으로써 사건의 진상은 밝혀지지 않았다. 당시 사건을 주도적으로 담당했던 오제도 검사는 숙부와 '와세다대학' 동기 동창이고 가끔 오 검사의 노모가 만들어 주는 평양식 음식 자리에 자주 초대받았으며, 서로 오고 가는 친숙한 사이였다.

공판 중에도 오 검사의 어머니는 숙부에 대한 안부를 아들에게 묻곤 하면서 안타까워했다는 사실이 오 검사의 회고록에도 나와 있을 정도로 두 분이 친숙했다. 오 검사는 "집단으로 연루가 된 반국가 거대 사건으로 가까운 친구의 고통을 어떻게 할 수 없었던 것이 가장 가슴 아팠다"라고 회고록에 술회하고 있다. 당시 신문에 의하면 숙부 김옥주 님은 헌병대에서 가혹한 고문 취조를 받았고, '고백원문'(자백문)을 제출했는데, "취조와 고문 등"과 관련해 "당하는 사람도 쓰리지만 하는 사람도 참으로 못할 노릇"이라는 심경을 우회적으로 토로했다. 그런 일을 당한 김옥주 의원에게 오제도 검사는 1950년 2월 10일 결심 공판에서 6년을 구형했다. 그러면서 일본 와세다대학 동기 동창으로 가까운 친구였는데 검사와 피고인으로 만나 가슴 아프다고 말했다. "김옥주를 감옥으로 면회 갈 때 그가 좋아하는 말눈깔사탕을 사다 주기도 했고 조사가 끝난 후 정담을 나누기도 했다"며 "친구를 단죄하는 것은 인간적으로 감당하기 어려웠다"라고 술회했다.

1949년 한여름 오촌 나의 사촌 형님 진성이와 함께 미제 두루마리 휴지 두 뭉치를 들고 서대문형무소에 숙부님 면회를 갔다. 두루마리는 숙부님에게 필수였다. 치질이 심해서 두루마리 부드러운 휴지가 아니면 처치할 수 없는 어려운 신세였다. 그 좋던 얼굴이 쇠퇴해 많이 힘든 모습이었다. 가족 안부 정도 교환하고 나는 대뜸 "작은아버지 빨갱이입니까?"라고 못된 질문을 내던졌다. 수일 전 정동 대법원 법정에서 공판이 있을 때 13명이 포승줄에 줄줄이 묶여 입장하던 광경을 보던 배재중학생 수십 명이 자기들 삼층 교실에서 내려다보면서 "빨갱이 죽여라!" 고함으로 합창하던 것이 생각나 이런 당돌한 질문을 했다.

이때 순간적으로 숙부님 얼굴이 일그러지더니 "아, 아, 아, 아" 하며 한참 동안 정신없이 웃고 젖히더니 조용해지셨다. 눈물이 고이고 슬픈 표정의 그 얼굴에 '나는 아니야. 너무 억울해!' 하는 징표가 역력했다.

숙부님 내외는 우리 집안에서 제일 먼저 개종한 분이었다. 국회에서도 신도회에 적극 참여하였고, 금산 출신으로 전 상공부(장관), 전 국회(제헌, 제2대 국회의원), 전 중앙대학교 총장 임영신(任永信, 1899~1977) 여사를 만나 "누님, 동생" 하고 가깝게 지낸 사이였다.

국회 프락치 사건의 평가는 아직 이를지도 모른다. 국회 프락치 사건은 1949년 6월 6일에 발생한 경찰에 의한 반민 특위습격 사건과 6월 26일에 발생한 김구 암살사건과 더불어 이승만 정권의 '6월 공세'의 하나로 평가되고 있다. 이 사건을 계기로 정부에 대해 가장 비판적이었던 '소장파' 의원들이 국회에서 제거되면서 정부에 대한 국회의 견제 기능은 현저히 약화하였으며, 해방 직후부터 반민족행위자를 처벌하려는 흐름 역시 거의 끊기게 되었다. 또한 국가보안법이 헌법을 능가하게 되는 체제가 본격적으로 형성되는 계기가 되었다.

이승만 정권의 정치 테러

1949년 6월 6일 일단의 친일 경찰이 반민족행위특별조사위원회(반민특위) 사무실을 습격, 활동을 무력화시켰다. 이후 9월 반민족행위처벌법(반민법) 개정안이 국회를 통과, 10월 친일 매국노 처단을 위한 특별검찰과 특별재판부가 해산되면서 반민특위는 때 이른 종말을 맞았다. 신생 대한민국의 민족정기를 바로 세우려던 국민의 염원은 정부 수립 후 1년여 만에 허무하게 좌초됐다.

그런데 반민특위 습격을 전후해 이승만 장기집권을 위한 일련의 정치 테러가 자행된다. 바로 국회 프락치 사건과 김구 암살이다. 1949년 5월 이문원, 이구수, 최태규 등 이른바 소장파 국회의원 3명이 체포된 이후 6월 21일 소장파 의원의 지도자 격인 노일환과 김옥주 등 6명의 국회의원이, 25일에는 소장파의 정신적 지주였던 김약수 국회 부의장이 검거됐다. 다음 날인 26일, 김구 선생이 안두희의

총탄에 희생됐다. 이어 8월에는 신성균 등 소장파 의원 6명이 체포됐다.

3차례에 걸쳐 체포된 소장파 의원 15명 중 13명은 '남로당 프락치'라는 혐의로 기소돼 11월 17일부터 이듬해 2월 13일까지 15차례의 공판 끝에 3월 14일 모두 3~10년의 실형을 선고받았다. 남로당의 사주를 받아 외국군 철수를 요구했고, 북진통일에 반대하고 평화통일을 요구했다는 것이 유죄 선고의 이유였다. 2심 재판을 기다리던 이들은 6.25 이후 북한군에 의해 석방됐고, 이들 중 서용길을 제외한 12명은 9.28 서울 수복 직전 북한군과 함께 북한으로 넘어갔다.

이들의 북한행이 납북인지 월북인지를 확인할 방법은 없다. 그러나 북한으로 넘어갔다는 사실 자체로 공산당 프락치라는 대중의 인식이 굳어졌고, 이후 국회 프락치 사건의 진상은 묻히고 말았다. 제주 4.3항쟁이나 여수·순천 민중항쟁과 같이 유족들의 공개적인 진상 규명 또는 명예회복 요구도 없었다.

그러나 국회 프락치 사건은 헌법기관에 대한 최초의 조직적 정치 테러라는 점에서 대한민국의 민주주의를 퇴행시킨 결정적 한 방이었고, 이후 40년간 빨갱이를 내세운 반공 독재의 시초가 되었다. 따라서 그 진상 규명은 결코 미룰 수 없는 중차대한 정치적 과제다.

송명순(김옥주 처) 자서전

나 송명순은 전라남도 광양군 옥룡면 대방동에서 1925년 6월 6일 (양력) 1남 2녀 중 장녀로 태어났다. 초등학교 2학년 때 여수로 이사 가서 그곳 초등학교에 편입했다. 그렇게 공부를 하다가 4학년 때 다시 순천으로 이사를 왔다. 순천남초등학교에 들어가서 한글을 배우지 못하고 일본어만 배웠다. 그래서 그런지 지금도 한글 받침이 서투르다. 미술과 수학은 전교에서 1등을 했다. 그래서 별명으로 수학 선생님이라고 불리기도 했다. 그런 이유로 6학년 때에는 여학교에 진학할 학생들에게 오후에는 수학을 가르쳤다. 담임선생님 추천으로 하는 호남 수학대회에서 1등을 하는 등 나의 어릴 적 모습은 매우 모범적이고 성실한 학생이었던 기억이 난다.

내 남편인 김옥주 씨에 대하여 몇 자 적어 본다. 김옥주 씨는 과거 19세에 결혼을 해서 6살과 4살짜리 두 아들을 낳고 상처했다. 1945년 해방이 되던 해 11월 방년 20세에 나 송명순은 당시 30세의 일본 와세다대 법학과를 나온 김옥주 씨와 결혼을 했다.

1945년 해방이 되기 전에 김옥주 씨는 당시 청년들에게 "지금 이 사회는 우리나라 동지 여러분을 기다리고 있소."라는 웅변을 하다가 일본 경찰들에게 끌려가 모진 고문을 당했다. 또한 일본인들은 '내선일체'라는 이른바 일본과 조선의 위치는 모두 같다는 명목 아래 일본인들에게는 고급의 직업 자리를 주고 조선인에게는 하급의 일자리를 제공하는 등의 억울한 시대를 맞이하고 있었다. 1948년 아들 진원이를 낳았다. 1948년 남편 김옥주 씨는 초대 국회의원에 입후보했다. 당시 입후보 5명 중 김옥주 씨는 압도적인 투표로 당선되었다. 그러나 야당에서 활동하고 있었던 김옥주 씨는 야당의 우두머리인 김구 선생과 활동을 했고, 여당의 최고의원인 이승만 씨와 정계에 관한 많은 대립과 갈등을 빚기도 했다. 그러다가 김구 선생이 암살된 날 야당의 대표격인 국회의원 17명을 공산당 프락치 사건이란 명목으로 체포하여 감옥에 가게 되었다. 그 후 가족의 핍박은 말로 다 할 수 없을 정도였다. 나는 대한의 빨갱이 가족이라는 누명을 둘러써야 했고 민심은 삽시간에 바뀌었다. 국회의원 선거 운동한 사람까지 빨갱이로 찍힐까 봐 해명하기에 바빴고, 우리 집에 친하게 오던 사람까지 다 발길을 멈추고 심지어 부모, 형제, 마을 사람들까지 빨갱이 가족이란 오명을 받으며 고통스럽게 살았다. 일가친척조차 우리 집에 오는 행동을 꺼렸다.

나의 재산은 쌀, 보리, 대나무, 과일 등의 농산물이었다, 경찰들이 울타리를 넘어와서 대나무를 찍어 가고 죽순을 빼 가고, 가축과 곡식을 가져가도 말 한마디 못 했다. 더욱이 억울한 일은 우리 집에서 얻어먹고 이제는 잔뼈가 굵어진 마을의 이장 허금억이란 자가 이제는 돈도 좀 있고 경찰과도 친하다고 해서 빨갱이 가족 송명순이 창고 바닥을 파서 총과 칼 등을 숨겨 두었다가 빨갱이들에게 준다는 거짓 낭설을 경찰서에 알린 것이다.

그때 나는 경찰관에게 "정말 우리 집을 수색해 보시오."라고 했더니 아무 반응이 없었다. 그러나 우리 집은 수색도 안 해 보고 결국 나는 억울하게도 누명을 쓰게 되었고, 가장 추운 1월에 15일 동안 돌 지난 아이 진원이를 데리고 경찰서 창고에서 혹독한 추위 속에서 지내야 했다. 바닥은 시멘트 바닥이어서 온몸이 저리는 것만 같았다. 그러나 매일 밤 12시쯤 되면 숙직하는 경찰들이 장작불을 피워 놓고 진원이를 불러내서 불을 쪼이게 해서 추위를 녹이게 했다. 철모르는 진원이는 낮이면 경찰서를 막 다니면서 식당에 들어가서 경찰들이 먹는 밥과 반찬을 달라고 했다. 그러면 경찰들이 1일 3번씩 갖다 주었다. 그 밥과 반찬은 창고에 갇혀 있는 아이들과 함께 같이 나누어 먹었다.

간힌 지 15일째 되던 어느 날 경찰서장이 와서 "김옥주 씨 부인 나오시오"라고 하자 나는 영문도 모르고 진원이를 데리고 영감님 댁에 가서 대접을 받았는데 "남편이 잘되었으면 높은 자리에서 호강할 분을 시멘트 바닥에 모시게 되어서 정말 미안합니다."라며 이제 집으로 가도 된다고 했다. 훗날 이에 알게 된 일이지만 진상 교회의 장로님이 주동이 되어서 진상의 면장과 유지들 10명 가까이 경찰서에 와서 "죄 없는 사람을 왜 잡아가느냐. 그 한 사람을 죽임으로 해서 진상면민에게 흥망이 걸려 있다는 것을 경찰은 기억하라!" 하고 진정서를 내고 소란을 피웠다고 한다. 덕분에 나는 석방되어 경찰문을 나오는데 매일 진원에게 과자며 밥 등 우리 모자에게 여러 가지 잘해 주던 경찰이 한 뭉치의 무언가를 사서 우리를 기다리고 있는지라 나는 말했다.

"참으로 15일간 신세가 많았소. 당신의 성명이나 알았으면 하오."라고 했더니 그는 "장차 알게 될 것이오" 하고 자기 신분을 알려 주지는 않았다. 진상에 와서 나에게 많은 도움을 주신 분은 당시 담임 목사인 정기호 목사님이셨다. 그분이 있었기에 나는 더는 빨갱이 가족이란 누명을 쓰지 않았다. 그리고 진상 유지들의 도움으로 주민등록증을 발급할 수 있었고 나는 이제 어디든지 다닐 수 있었다. 그 당시 주민등록증이 없으면 밖에 출입할 수 없었다.

1950년 그 당시는 죄가 없어도 경찰들과 말다툼만 해도 빨갱이로 찍혔고, 지리산 빨갱이들에게 밤중에 식량이나 가사 도구 등을 빼앗겨도 협조했다고 빨갱이로 몰려서 몽둥이 고문을 당했다. 민간인들에게는 밤에 즉시 신고 않고 동이 터서 했다고 고문을 했다. 즉 그러니까 어두워지면 남자들은 아예 경찰서 철조망으로 갔다가 아침이 되면 집으로 돌아왔다. 남편 김옥주 씨가 서울 형무소에 수용됐다는 이유로 나는 가장 겨울에 광양경찰서로 붙들려 갔다. 그때 나는 진원이를 집에 두고 혼자 갈 수가 없었다. 만일 내가 남편의 일로 총살당하면 진원이를 혼자 남겨두고 나 혼자 편히 죽을 수가 없었던 것이다. 얼마나 마음을 독하게 먹었는지 진원이를 내 가슴에 꼭 안고 한 총알에 함께 죽으리라고 생각했다. 그때 60명 정도 돼 보이는 사람들이 큰 트럭에 있었고, 총과 칼로 무장한 경찰들이 양쪽에서 우리를 지키고 있었다. 옥곡 지서로 오니 모든 사람들이 몰려와서 우리들을 보고 아예 총살할 사람들로 알고 진원이를 보더니 "저 아이 우리들이 엄마 돌아올 때까지 돌봐줄 것이니 나에게 맡겨 주시오."라고 했다.

하지만 나는 알고 있었다. 이제 가면 우리들은 어느 산골짜기에 내려놓고 다 총살해서 한 구덩이에 묻어 버릴 것이다. 어제도 그제도 그러했으리라고 생각했기 때문이다. "이 아기만은 안 되오." 했더니

보는 사람들이 막 달려가서 과자며 군밤이며 봉지에 싸서 주는 것이 었다. 철모르는 진원이는 아침부터 종일 굶주린 터라 맛있게 먹었지만 함께 탄 아이들에게도 조금씩 나누어 주고 사탕 한 알을 내 입에 넣었는데 나는 깜짝 놀랐다. 씹어서 넘길 때 마치 쓸개를 입에 넣는 것 같았다. 나중에 생각해 보니 얼마나 속이 탔으면 종일 물 한 모금 않고 굶주림 속에서도 '왜 그리 쓸까?'라고 생각했다.

아들 진원이는 예쁘고 총명하게 자라 주었다. 초등학교 때나 중학교, 고등학교까지 공부를 매우 잘했다. 우애도 깊었고 곱게 자라 주었다. 초등학교 1학년 12월 일어난 일이었다. 진원이가 논두렁에다 불을 지르고 놀다가 옷에 불이 붙어서 한쪽 다리가 발까지 모두 타서 학교에 못 다니고 집에서 내가 공부를 가르쳤다. 구구법을 울타리에 붙여 놓으면 그것을 잘 외웠다. 그 외 음악, 미술 등의 책을 사 오면 열심히 공부했다. 3학년 2학기 때에는 처음으로 학교에 가서 음악시험을 보았는데 1등을 해서 급우가 불만을 나타낸 적도 있었다. 불에 탄 발은 절름절름하다가 시나브로 낫게 되었다. 시골 순천 매산고등학교에서 나와 어찌 서울대학교를 들어갈 수 있었는가? 진원이는 2년 재수를 해서 서울대 건축과에 들어갔다. 나에게는 참으로 자랑스러웠다. 천하를 얻은 것만 같았다.

그다음에 어진이와 창원이가 이어서 서울대에 입학했다. 진원이는 대학 가서도 공부를 잘해서 장학금을 받고 다녔다. 나는 자식을 기르기 위해서 논도 매고 돈을 만드는 일이라면 귀천을 막론하고 다 했다. 불의의 재산을 제외하고는 나는 부지런히 바르게 열심히 일했다. 3형제를 키우면서도 최선을 다해 절약을 했으며 교회 헌금을 하는 일 외에는 자식들 교육비로 보탰다. 지금도 주위 사람들은 이제는 자식들이 살 만한데 너무 돈을 안 쓴다고 한다. 심지어 김양수 목사님과 손자들 그리고 가족, 주위의 친구들까지 그런 소리를 한다.

나는 25세인 청춘의 나이로 빨갱이 가족으로 찍힌 몸이 되었고, 나에게 힘이 되어 줄 남편은 감옥에 갇혔고, 방에 누워 있으면 저 지구 수백 킬로미터 캄캄한 땅 속에 묻혀서 숨통이 꽉 막혀 버린 몸 같았다. 이 세상 살고 싶은 생각은 조금도 없었고, 오히려 죽고 싶은 심정뿐이었다. 그러나 저 3살짜리 귀여운 아기 진원이를 어떻게 하겠는가? 아무리 부모, 형제, 일가친척들 주위를 찾아보아도 진원이를 부탁하고 마음 편히 눈을 감을 수가 없었다. 그러다가 나는 결국 쓰러지고 말았다. 목에 피 넘어오는 간디스토마, 심장병, 위장병, 폐병 등 온몸이 성한 곳이 없고 그만 하동의 하동 종합병원에 누워 버렸다. 나의 딱한 사정을 잘 아신 원장 이 장로님은 특실에다 입원시켜 놓고 나의 병을 고쳐 보려고 정신적으로나 약으로 무척 애를 썼으니 모두 허사였다. 이제는 손과 발까지도 온몸을 움직이지 못하고 정신만 오락가락하면서도, "오, 나의 주님이시여, 나의 생명을 5년간만 더 연장시켜 주소서. 그러면 아이 진원이가 7살이 됩니다. 그때는 진원이가 추운 것도 배고픈 것도 알게 되면 세상에서 어미 없이도 살아갈 수가 있을 것 같습니다."

나의 기도는 날이 갈수록 더 간절했고 병은 날이 갈수록 깊어만 갔다. 나의 생명은 시간을 재촉했다. 기도 중에 영적으로 머리에 무엇이 떠올랐다. 어미가 죽는다고 해서 아기 진원이가 죽으며 어미가 산다고 해서 아기 진원이가 꼭 축복을 받을 것인가? 어미가 사나 죽으나 하나님만 진원이와 함께하시면 그 모든 문제는 오히려 축복이 될 것이다. 이렇게 마음을 고쳐먹으니 마음도 편안해지고 약도 효과를 얻어서 병이 조금씩 좋아지고 있었다.

나는 일생을 고달프고 외롭게 슬프게 살아왔다. 오직 자식을 위해 살았으며 자식을 위하는 길이라면 죽음까지도 아깝지 않으리라 결심하면서 나의 몸 희생되는 것은 아끼지 않고 그저 사랑하는 자식을 바라보면서 기쁨으로 살았다. 2년마다 탄생하는 손자, 손녀를 등에 업고 한 손으로는 손잡고 걸어도 허리가 아파도 팔이 아파도 그저 힘들어 나는 못 키우겠다는 말 한마디 할 줄 모르고 손자, 손녀 무럭무

럭 크는 것을 기쁨으로 바라보았다. 적은 돈이지만 일생을 걸고 모은 돈까지도 자식을 위하여 즐거움으로 저희들 땅 사는 데 다 투자했다. 공동중앙교회에서 1971년 45세에 압도적인 투표결과로 인하여 여권사로 임명됐다. 집사로 20년 권사로 서울로 와서 금란교회의 여성교회로 활약하던 중 속회 인도자로 10년 여성교회 회장으로 봉사했다. 아들 진원이가 장로가 되고 며느리 영인이가 권사로 있는 것을 하나님 앞에 감사드린다. 그리고 일한, 성한, 은한이 하나님 말씀 속에서 건강하게 잘 자라 주어서 하나님께 감사할 뿐이다.

송명순 님 가족(2013. 11. 2.)

이희호 여사님께 보낸 편지

이희호 여사님!

저는 전남 광양에서 초대 국회의원인 김옥주 씨의 처입니다.

저희 남편은 33세 때에 전남 광양에서 국회의원으로 당선되어 국회의사당에서 "우리의 남과 북은 갈라져서는 안 됩니다. 우리가 통일 정부를 세우기 위해서는 북에서는 소련군을 철수시키고 남에서도 미군을 보내어서 우리 민족끼리 뭉쳐서 통일 정부를 세워야 됩니다."라고 말한 것을 알고 있습니다.

그 문제로 김구 선생님께서는 김일성을 만나기 위해 이북을 다녀오신 후 이승만 정권은 김구 선생을 공산당이라고 암살하고, 그날 바로 야당 국회의원 17명을 구속하여 감옥으로 보내고, 이북과 내통이 있었다는 등 죄목을 만들어서 심한 고문으로 옥살이를 하던 중에 6.25 사변으로 이북 군이 옥문을 열어서 너무 심한 고문으로 병을 얻은 국회의원 17명은 이 정권이 싫어져서 부모, 형제, 처, 자식들을 고향에 남겨두고 이북으로 잠깐 올라간 것이 영영 돌아오지 못하고 그곳에서 병환으로 별세했습니다.

이에 고향에 남아 있는 처, 자식들은 빨갱이의 가족으로 찍혔고, 이 억울함을 견디지 못하여 저는 심장병, 위장병 등 이름 모를 병으로 목에서는 피를 토하면서 30여 년간 아무리 억울한 일을 당하여도 말 한마디 못하고 숨을 죽여 가면서 50여 년간 지내면서 이제는 백발 노파가 되었습니다. 그 속에서도 1948년생으로 태어난 아들은 조심스럽게 자라서 서울공대 건축과를 수료하고 미국 하버드 경제학과를 우수한 성적으로 합격하였으나 부친의 관계로 신원조회가 안 되어서 유학을 포기하고 모 건설회사의 이사로 있다가, 그가 회사를 차렸으나 2년 동안 건축 일을 차지하지 못하고, 조달청에서도 열심히 찾아보았으나 처음인지 허사입니다. 이제는 우리 자손들도 김 대통령 밑에서 빨갱이 가족이 변하여 애국자의 가정으로 무엇이든지 일을 맡겨 보십시오. 생명 걸고 열심히 일할 것입니다.

수십 년 동안 김 대통령께서 좌편에 서시면 우리 가족도 좌편에 우편에 서시면 우리도 우편에 우리 가족은 멀리서 그림자처럼 따라다녔습니다. 이제는 약자도 도움을 받을 사회가 되었으면 더욱 감사하겠습니다.

대통령께서는 당돌하다고 그러실지 모릅니다만 그러나 어쩐지 저의 심정은 역대 대통령 중에서 가장 훌륭하신 대통령, 약자들에게도 도움을 아끼지 않은 대통령으로 믿어져서, 존경하고 사모하는 부모님께 글을 올리는 심정으로 이 글을 올립니다.

대통령께서는 김정일 정상회담을 하기 위해 출발하시면서 국민들에게 "민족을 사랑하는 뜨거운 마음으로 갑시다." 이 말씀은 우리 민족의 가슴을 뭉클하게 하셨습니다. 우리는 알고 있습니다. 박 정권 때 일본 앞바다 사건, 광주 사건 그때마다 꼭 저의 남편이 이승만 정권 때에 당하는 모습으로 보았습니다. 이 노파는 똑똑히 보았습니다. 이 나라 애국자들의 고통을…

　　의인이 악인에게 당하는 억울한 모습을 우리 대통령께서는 억울한 고통 속에서도 하나님이 살려 주셔서 이 민족을 위하여 멋지게 정치하는 모습이 너무 감격스럽습니다. 영부인께서 한번 이 글을 읽어 주신다면 나의 일생에 큰 영광으로 간직하겠습니다. 대통령이시여, 대한의 큰 기적이 일어나기를 하나님께 기도드리면 이 글을 올립니다.

2000. 7. 20.

송명순

* 2000년 8월에 청와대 민원실에 위의 편지를 보냈으나 답변은 없었다.

※ 가장 기뻤던 일

1. 나의 아들 진원이가 서울대학교에 합격했다는 소식을 듣고 마루에 나서서 두 손을 들고 "하나님, 너무너무 감사합니다"라고 외친 일

2. 우리 손자 일한이가 태어났다는 소식을 들었을 때 너무 기뻤다.

서울 휘경동 자택에서 송명순 님 생신 잔치
(뒷줄 첫 번째 김진원, 두 번째 손주 일한, 세 번째 김진, 네 번째 김진우)

6. 영순, 그리운 믿음의 어머니

　내 책상 위엔 색이 바랜 사진 한 장이 작은 유리 액자 속에 수년 간 놓여 있다. 몇 살(2~3살)에 찍은 사진인지 모르지만, 어머니 품에 안겨 있는 내 사진을 하루에도 수차례 본다. 미인이시고 단아하고 품위 있는 서른 살 어머니의 모습이다. 또 하나는 어머니의 살아온 길과 신앙 간증을 녹음한 카세트테이프를 소장하고 있다. 이 테이프는 어머니가 살아 계실 때 직접 녹음하신 것으로 어린 시절부터 살아온 모든 내용이 생생하게 육성으로 녹음된 것이다.

　이 글을 쓰기 위해 오랜만에 테이프를 재생하여 들으니, 마치 어머니가 내 옆에 계신 듯하다. 어머니의 모습이 생생하게 떠오른다. 어린 시절부터 그렇게 하나님 말씀을 좋아했고 목사님을 잘 섬기셨던 어머니, 하나님을 향한 강한 믿음을 가진 훌륭한 신앙의 어머니를 다시 본다. 어머니, 김영순(1920. 10. 25. 生) 씨와 아버지, 강만원(1917. 7. 20. 生) 씨 사이엔 3남 3녀의 자녀들이 있다.

　어머니 고향인 광양군 진상면 지원리와 아버지 고향인 하동군 화개면 용강리는 지도상으로 보면 바로 道(전남, 경남) 경계를 두고 가까이 있다. 두 분은 결혼 후 아버지(일본 동경 철도전문학교 졸업)의 근무지를 따라 송정(광주 광산), 순천, 목포, 여수, 곡성, 화순 역장을 마지막으로 광주(사업)에서 정착하셨다.

아버지는 고혈압, 당뇨합병증으로 1979년 7월 1일(61년 10개월 사심) 하나님 품으로 가셨다. 어머니는 아버지께서 세상을 떠나신 후 홀로 사신 후 2011년 12월 17일(91년 2개월 사심) 그토록 그리워 했던 하나님 품으로 가셨다. 두 분은 양지바르고 풍광이 좋은 광주 5.18 공원묘지에 나란히 계신다.

슬하의 자녀들은 송정(광주 광산), 순천, 목포, 여수에서 태어나 아버지께서 근무한 곳을 따라 어린 시절 학교를 다녔으며, 최종학교인 대학은 광주나 서울에서 다녔다.

자녀들인 강숙자(신용호: 광주시 여러 신문사의 대표이사를 끝으로 2015년 세상을 떠나셨다. 1남 1녀), 강순자(김상철: 전남도 건설국장. 3녀), 강진(박정순: 사업. 1남 1녀), 강명진(김혜경: 종합무역상사. 2녀), 강남진(박현희: 목포대학장. 1남 1녀), 강미숙(국순욱: 광주대 부총장. 2녀)들이 각 분야에서 국내외에서 열심히 살았으며 또한 많은 손자, 손녀들이 현재 각 분야에서 뛰어나게 활약을 하고 있다.

이렇게 훌륭하게 가족들을 이루게 된 것은 어머니(김영순)의 믿음 덕분이다. 모든 자녀들이 하나님의 자녀인 그리스도인이 되어 하나님의 축복으로 사회에 선한 영향력을 끼치면서 살고 있게 된 것으로 생각된다.

아버지는 철도 공무원으로 성실과 근면으로 전문분야에서 뛰어나셨으며, 기획력과 머리가 좋으셨으며, 뛰어난 달필로 붓글씨를 잘 쓰셨다. 주위의 많은 사람들과 친화력이 좋아 친구들이 많으셨으며 자녀들과는 가끔 낚시를 데리고 다니면서 낚시를 통해 준비와 인내를 가르쳐 주셨다. 이런 아버지를 위해 어머니는 헌신적으로 뒷바라지를 하셨으며 자녀들의 바른 성장을 위해 열심을 사셨다.

항상 선구자적인 행동을 하셨으며 솜씨가 좋으셔서 음식뿐만 아니라 재봉질을 잘하셔서 자녀들의 옷을 직접 만드셔서 입히시곤 하셨다. 자녀들이 아플 때는 직접 주사(페니실린)도 놔 주셨다. 어렵게 살던 1950년대 당시 정거장엔 오고 갈 데 없는 이들이 머물기도 했다. 어머니는 이들을 위해 식사, 잠자리와 옷도 제공하시곤 했다. 당시 이북에서 홀로 넘어온 방진수라는 사람을 우리 집에 데려오셔서 가족처럼 함께 오랫동안 지내면서 사랑을 베푸시고 장가도 보내셨다. 많은 선행을 하셨던 어머니의 모습이 생각난다.

어떤 날은 정거장에 머물러 있던 공군 장교(파일럿)를 데리고 오셔서 우리 집(관사)에서 재우시고 식사도 제공하셨다. 어느 날 우리 집 근처 하늘에서 비행기가 선회를 한 적이 있었다. 그분이 어머니의 고마운 손길에 감사로 특별비행을 하신 것이었다.

당시 철도 정거장은 당시 교통의 중요한 수단으로 정거장을 통해 여러 가지 사건들이 많았다. 어머니의 보이지 않은 많은 선행은 나중에 깨달았지만, 그것은 어머니께서 어린 시절 교회에서 배운 하나님의 말씀을 실천한 것이며 예수님의 사랑을 행동으로 하셨던 것이 아니었을까 생각된다. 어머니의 헌신적인 타인에 대한 베푸심과 사랑은 먼 훗날 자녀들에게 참 그리스도인이 되게 하신 중요한 계기가 되게 하신 것이었다.

곡성(아버지께서 곡성역장이었던 시절)에서 국민학교(초등학교)를 다녔던 본인에게 어머니는 도시락에 맛있는 반찬을 넉넉히 넣어주시고 옆에 친구들에게 나누어 먹으라고 하셨다. 얼마 전 65년 만에 그 당시 4년간 옆 친구였던 양학철(고등학교 교장으로 은퇴함)이란 친구가 나를 찾기 위해 그동안 많은 수고 끝에 연락이 왔다.

반가운 인사 후 어려운 학창 시절 도시락 반찬을 항상 자기에게 주었던 이야기를 먼저 하면서 나를 잊지 못해 그동안 찾았다고 했다. 어머니의 사랑이 그 친구에게는 나를 잊지 못한 아름다운 추억을 만들었다.

우리들의 어린 시절은 경제적으로 매우 어려운 상황이었으나 철도 공무원인 아버지를 둔 자녀들은 그런대로 좋은 환경에서 자랄 수 있었다. 그러나 아버지께서 공무원을 마치고 사업을 시작하면서 어려운 시기를 맞았으며 그 시기에 자녀들은 학교를 다니며 공부를 해야 했던 시절로 나는 항상 강한 신념과 자립심과 목표를 두고 공부를 했다.

지난 일을 생각해 보니 정신적으로 성숙하게 만든 계기였다고 생각된다. 나는 어머니 고향인 외가(규주 외삼촌)에 어느 여름 2~3개월 머문 적이 있었다. 아름다운 추억의 시간이었다. 지원리 근처 친척 집들, 산야를 다니면서 많은 것을 보고 배웠다. 특히 삼촌 댁에 머물면서 함께했던 사랑하는 동생들, 진옥, 진광, 경진, 진행이와 행주 삼촌의 아들 진연이와 함께한 시간들이 떠오른다.

유난히 나를 따랐던 어린 진행이가 생각나서 보고 싶다. 이 글을 쓰면서 어머니가 다녔던 지원리 광동중앙교회에 대해 궁금한 것이 있어 광양에서 교회를 시무하는 동생 김진연 목사와 오랜만에 반가운 통화를 했다. 공기 좋고 물 맑은 그곳, 가까운 큰 시냇물은 망덕에서 올라오는 은어 떼로 석양엔 아름다운 광경을 볼 수 있었고 흐르는 물 가운데 큰 돌 사이에서 장어를 잡은 것도 생각난다.

옥곡에 있는 나보다 나이가 많은 조카 유기홍 집에서의 추억도 생각이 난다. 이토록 산야가 아름다운 곳에서 훌륭한 부모님들이 태어난 것을 알 수 있었다. 어머니는 아버지께서 세상을 뜨신 후 스트레스와 안압이 높아 두 눈에 녹내장 증상이 왔으나 당시 회복할 방법이 없어 1982년도에 실명이 되셨다.

그토록 힘든 시련 가운데 어머님은 교회를 통해 깊은 하나님과 만나셨으며 하나님께서 주신 은사(기도, 방언, 치유 등)로 주위의 많은 어려운 이들에게 하나님께서 주신 은사와 예수 그리스도의 사랑을 전파하셨다. 서울에서 직장생활을 했던 나는 광주에 계신 어머니를 뵐 때 축복의 기도와 치유의 손길로 나의 아픈 부위를 만지실 때 아픔이 사라지는 경험도 하였다. 어머니께서는 교회를 통해 전도사역에 참여하셨으며 특히 주위의 친척 및 많은 분을 전도하셔서 하나님의 자녀로 영접하게 하셨다. 제사도 추모예배로 바꾸셨다.

어머니는 긴 기도의 시간을 통해 나라와 민족과 세계를 위해 기도하셨고, 교회, 가족들, 주위의 사람을 위한 기도로 사셨다.

언젠가 어머니는 나에게 어린 시절 진상면 지원리에 있는 광동중앙교회(1910년경 설립)에서 하나님의 말씀을 듣고 교회 가는 것을 그렇게 좋아했다고 했다. 당시 아버지(상의 할아버지)는 어머니가 교회 가는 것을 반대하셨다고 했다. 교회에서 들은 성경 말씀이 생각난다며 나에게 어린 시절 이야기를 해 주셨다. 믿지 않는 아버지 집안에 시집을 가신 후 수년간 교회에 갈 수 없었다고 했다.

어린 시절 하나님을 사랑하고 확고한 믿음을 가지신 어머니, 비록 앞이 보이지 않은 상황에서도 하나님과 동행하면서 하나님께서 사랑하는 여종이 되어 하나님의 말씀을 전도하는 사역을 하셨다가 하나님 품으로 가신 믿음의 어머니가 보고 싶다. 믿음의 어머니로 인해 천국이 그리워지는 나이, 매일의 삶이 주 안에서 감사함으로 살고 있다.

글 영순 님 2남, 강명진

믿음의 어머니 김영순 님, 사랑은 모든 허물을 덮는다

7. 정주, 사랑에 적시고, 죄송한 마음, 보고픈 아버지

이 세상에 완벽한 부모는 없다.

아버지 한 사람이 스승 백 명보다 낫다. 새도 죽을 때 그 울음소리가 슬프고, 사람이 죽을 때 하는 말은 선하고 착하다.

잠깐 머물다 간 여행길, 돌아갈 본향을 대기하는 나이가 되어 부모님 생각을 하게 된다. 자식을 키워 놓고 보니 부모님 사랑의 소중함을 깨달았다.

아버님의 어머니는 둘째 부인 박본안(朴本安, 1891~1921)으로 아버님이 어린 시절에 돌아가셔서 늘 어머니에 대한 애틋한 감정을 내비치셨다. 어머니의 사랑을 받지 못한 탓에 늘 가정의 평화를 강조하셨다. 평생 반찬과 밥이 잘됐는지 설익었는지 투정하는 것을 보지 못했다.

32세 젊은 나이에 성북경찰서장으로

김정주 아버님(1922~2004)은 1922년 4월 11일 전남 광양 진상면에서 태어나셨다. 일찍이 어렸을 때부터 서울로 진학해서 재동초등학교 졸업, 1940년 3월 양정중학교 졸업, 1942년 일본 중앙대학교 법과를 졸업했다. 일제강점기, 대동아전쟁, 창씨개명, 6.25 전쟁 등 정말 질곡의 힘든 세월이었다. 어머니 김서원 사이에 4남 2녀를 두었다. 형제 모두 건강하고 서울에 거주하고 있다. 형제들 머리는 그다지 좋지 않지만, 우애가 좋고 건강 체질을 주셨다. 감사할 뿐이다.

아버님의 경찰 직장생활 시작의 배경은 특이하다. 이승만 정부가 부산에 피난 정부를 열게 되자 민심 수습 차원에서 대대적인 내각 개편이 있었고 초대 내무부 장관으로 조병욱 박사가 발탁되었다. 조 박사가 아끼던 다섯째 계주 삼촌을 경찰국장으로 발탁할 생각으로 수소문했지만, 계주 삼촌이 납북되었다는 소식을 듣고 동생인 아버님을 불러 "자네가 날 도와주게" 한 것이 경찰 공무원 된 계기다. 1946년 12월 20일 26세 나이에 경남 부산지방 사찰과장이 되었다. 그 후 1954년 서울 성북경찰서장, 1957년 원주경찰서장, 1959년 마포경찰서장, 1960년 5월 5일 39세 나이로 충남 경찰국장을 하셨다.

그 후 1968년 전화번호부공사 전무를 거쳐 1973년 한국전화번호
부공사 사장으로 있다가 1985년 은퇴하셨다. 은퇴하기 전 유정회
비례대표 국회의원으로 공천되었다. 큰 기대를 걸었지만 그만 탈락
했다. 주된 이유는 숙부님이 월북했다는 연좌제(緣坐制) 때문이다.
형식적으로는 연좌제가 사라졌지만, 경쟁 구도하에서는 분명 마이
너스 요인이다. 평소에도 아버님도 연좌제로 인해 가족 모두 피해
가 있었다고 말씀하셨다. 연좌제란 사상범의 가족 또는 친족임이
신원조회에서 밝혀지면 고급공무원으로 임명하지 않거나, 해외여
행이나 출장 등을 제한하는 것을 의미한다.

경찰 공무원을 그만두고 회사에 근무하시기 전까지 경제적 어려
움을 당했다고 기억된다. 자녀가 6명으로 한창 돈 쓸 데가 많은데
모아 둔 돈은 없었다고 한다. 고정적으로 나갈 돈이 많고 들어오는
수입은 없어 할 수 없이 어머니는 절약하고 당시 계를 활용한 사채
놀이로 가정 경제를 책임지셨다. 어머니는 광양 부호 집에서 출생
하고 당시 여자들의 진학률이 낮았음에도 경남여고를 졸업한 엘리
트였다. 말씀이 워낙 적으셨고 술을 워낙 좋아하셨던 아버님의 건
강을 위해 일 년 열두 달 인삼을 드렸다.

아버지가 돌아가시고 혼자 계시다 3년 전 요양병원에서 소천하셨

다. 병원에 계실 때에 본인 성함을 정확한 한자로 쓰실 정도로 총기가 있었다. 그걸 본 요양사들이 어머니의 인품과 학식에 놀랐다.

아버님이 공사 사장으로 근무한 것에 혜택받은 것은 자식들이라고 생각된다. 큰아들 진안 형은 기아자동차에 입사했다. 진혁의 경우 1982년 대학 졸업 후 기업은행에 입사 원서를 넣고 면접을 봤는데 면접관인 임원이 아버지 직업에 대해 질문했다. 그러자 "공사 사장이십니다"라고 대답했다.

면접관은 더 이상 추가 질문이 없었고 '합격되었구나'라는 느낌을 받았다. 당시만 해도 변변한 직장이 없던 터라, 공기업은 사회적으로 대우를 받지 않았는지 추측된다.

아버님은 1989년 3월 28일 신암교회에서 세례를 받으셨다. 가족 모두 축하의 순간이었다. 어머니는 교회 권사로서 교회봉사에 열심이셨다. 하지만 아버지는 주일 예배 외에는 별다른 모임에 참석하지 않으셨다. 종교인이 아닌 신앙인이 되라고 강조하셨다.

믿음과 행동의 일치를 중시한 것이다. 아버님은 건강 체질로 말술을 드셨고, 60대 넘어서 녹내장으로 시력이 떨어져 고생하셨지만, 그 외의 병은 없었다. 아버님은 구정을 며칠 앞두고, 일주일 정도 아프시다가 편안히 하늘나라에 가셨다. 오복의 하나인 고종명

(考終命)을 실천하셨다.

가정의 유훈

어느 가정이나 가훈이 있기 마련이다.

소크라테스의 유훈은 "덕과 지혜에 의하여 순수하고 올바른 영혼을 가꾸라"는 것이다. 공자의 유훈은 "천명(天命)을 깨달아 이 세상에 천명(天命)을 구현하라"는 것이다. 부처님의 유훈은 한마디로 '법과 율이 우리들의 스승'이 되는 것이다. 오계계율[不殺生·不偸盜·不邪淫·不妄語·不飮酒]을 지키면서 "해탈 열반을 성취하라. 너희도 부처가 되어라."이다.

예수님의 유훈은,

"너희는 가서 모든 민족을 제자로 삼아 아버지와 아들과 성령의 이름으로 세례를 베풀고 내가 너희에게 분부한 모든 것을 가르쳐 지키게 하라"
- 마태복음 28장 19~20절

아버님의 유훈도 단순하고 간결했다. 출세하거나 부자가 되는 성공 지향적인 목표가 아니다. 나라를 위해 목숨을 바치는 숭고함도 아니다.

평범한 시민으로서 "하루하루 성실하고 최선을 다하라. 가정의 행복이 최우선순위다".

부모와 가족 간의 아름다운 추억은 자식을 강하고 귀하게 만든다. 여름 휴가철이 되면 온 가족이 강가에서 휴가를 즐겼다.

자식들의 머리를 비교하지 않고 각자 개성에 따라 공평하게 사랑하셨다.

아버지는 말로만 허세 떨지 않으셨다. 친구분들이 워낙 많으셨지만, 저녁밥은 꼭 집에서 챙겨 드셨다. 금하는 사항으로 외박, 공부하라는 소리는 하지 않았지만, 게으르고 거짓말하는 것을 제일 싫어하셨다. 지금도 부모님 추모예배 때에는 아버님이 즐겨 부르시던 〈사철에 봄바람 불어 잇고〉 찬송가를 부른다.

"어버이 우리를 고이시고 동기들 사랑에 뭉쳐 있고 기쁨과 설움
도 같이 하니 한간의 초가도 천국이라"

직접적인 언급은 없었지만, 여섯 자식 가운데 한 명이라도 서울대

를 나왔으면 하는 바람이 있었을 것이다. 불행하게도 그 소망은 이뤄지지 못했다. 그 대신 서울대 졸업한 사위 두 명은 두었다.

부모를 소중히 여기고 공경하는 자는 생명이 길고, 땅에서 복을 받는다.

부모의 사랑은 바람과 같다. 바람이 눈에 보이지 않는다고 해서 바람이 불지 않는 것은 아니다. 흔들리는 나뭇잎을 보면서 바람이 분다는 것을 알 수 있기 때문이다.

자식에게 질책과 꾸중한다고 자식을 사랑하지 않는 것도 아니다. 부모가 언제나 무엇이든지 손에 넣을 수 있게 해 주면 그 자식은 불행해진다.

이 세상에는 가장 빛나고 의미 있는 기쁨은 무엇일까?

바로 가정의 행복이다. 바람직한 가정은 마음과 정신과 사랑으로 뭉쳐진 가정이다. 가정의 행복은 성스러운 즐거움이다. 부모님이 되어 주신 은혜에 감사드립니다.

고대 중국의 시인 한영은 『한시외전(韓詩外傳)』에서 이렇게 탄식했다.

"나무는 조용히 있으려 하나 바람이 멈춰 주지 않고, 자식이 효도하려고 하나 부모는 기다려 주지 않는다."

정곡을 찌르는 말로 비수처럼 다가오는 게 아닌가? 슬프다. 건강했던 몸도 이곳저곳에서 관심 가져 달라고 아우성친다. 옛말에 부모 사랑은 내리사랑으로 올라오는 법은 없다고 한다.

나의 서재 주위를 둘러보아도, 부모님 사진은 없고 자식과 손주들 사진뿐이다. 이제야 부모님 사랑을 기억하는 게으른 불효자를 용서하세요.

살아생전 아버지는 말씀하시길, "나는 너희들이 일찍 들어와서 '아버지. 어머니 돌아왔습니다'라는 말을 듣고 잠자리에 드는 것이 제일 행복하다".

그땐 몰랐다. 왜 일찍 집에 들어가는 것이 싫었는지…. 아버지의 소박한 소원도 제대로 들어주지 못했다.

아버님은 출중한 용모를 갖추셨다. 지금도 일가친척을 만나면 아버님이 미남이셨다는 말을 종종 듣는다. 키 약 173센티, 운동으로 단련된 체격에다 서양인 얼굴로 내가 봐도 멋있으셨다. 누구를 만나도 환한 미소와 칭찬하길 즐기셨다. 식당에서 팁(tip)을 후하게 주셨고, 길거리에 있는 불쌍한 사람들을 보면 모른 채 지나가지 않았다. 사회적 약자에 대한 배려가 남달랐다.

아버지는 경제에 관해서는 문외한이셨다. 업자들이 싼값에 주겠다는 땅에도 관심이 없으셨다. 그저 월급에만 만족하셨다. 경제적 궁핍은 아버지가 경찰 공무원을 그만두고 한동안 실직상태일 때였다. 살고 있던 삼선동 집을 팔고 외각 지역인 변두리 장위동으로 이사 가야만 했다. 이사 간 집은 마당도 좁았고, 좁디좁은 3개 방에서 6형제가 옹기종기 살아야 했다.

종종 시골에서 서울로 올라온 사촌들의 숙박지로도 사용됐다. 당시 나라도 가난했지만, 형, 누나로부터 교과서, 옷, 심지어는 노트와 몽당연필까지도 물려받았다. 그렇다고 경제적 어려움이 가정의 행복과 교육에 방해를 주지 않았다. 아버지는 소통의 대가로 유머가 있으셨고, 자식들과 함께 자주 목욕탕에도 가셨다. 부모의 바람은 청출어람(靑出於藍)이다. '자식이 부모보다 더 낫다'는 소릴 듣기 원한다. 청출어람이란 '쪽빛보다 더 푸르다'라는 뜻으로, 제자가 스승보다 더 나음을 비유하는 고사성어다. 이처럼 부모는 본인보다 자식이 잘되길 기도한다. 지금도 부모님께 큰 기쁨을 안겨 주지 못한 것이 후회스럽다. 천국에서 다시 만날 날을 기도한다.

김정주 님, 김서원 님 영정 사진, '서로 사랑하라'

8. 범주, 지혜와 믿음으로 삶의 지혜를 펼치다

예로부터 세상은 둥글다고 한다. '둥글다'는 말은 모(뾰족한 끝)가 없고 해와 달이 둥근 모양을 하듯이 원만하고, 평등한 가치를 가졌다는 의미다.

공자는 올바로 살아가는 방법으로 인(仁, 어짐)을 강조했고, 인이란 사람을 사랑하는 것이라고 했다.

또 지혜는 '사람을 아는 것'이라고 했다. 범주 숙부님은 공자가 말한 지혜와 어진 품격을 소유하신 분이라 생각된다. 바로 인간의 인격과 가치를 동등하고 차별하지 않은 선인(善人)이셨다. 고려대 상대를 졸업 후 문경 소재 시멘트 회사에 오래 근무하신 후 은퇴하셨다. 조카들이 서교동에 살고 계신 범주 작은아버지 댁 찾아뵙는 것이 좋았다.

그 당시 특별한 오락거리가 없던 터라 화투놀이를 하면서 세대를 넘은 이런저런 이야기를 나누던 기억이 새롭다. 숙부님은 큰아들이 군대에서 불의의 사고를 당하는 아픔을 슬기롭게 극복하셨다. 그러나 밝은 지혜로 득실을 따지지 않으셨다. 다른 사람을 탓하거나 원수를 맺어서 풀지 않으신 것이다.

작은어머니 이옥례 님은 현재 세월과 병마와 싸우고 계시지만, 작은 체구에 늘 미소를 띤 모습으로 자상하시고 건강과 안녕을 기도한다. 큰딸 효경은 숙대를 졸업하고 행복한 가정을 이루었으며, 작은딸 선경이는 한때 수녀 생활을 하기도 했다. 아들 진길이는 자동차 부품 제조회사를 경영하여 행복한 가정을 이루었다. 범주 작은아버지는 오랜 병마(위암)으로 2011년 2월 2일 소천하셨다. 벽제장에서 분향하고 진상 고향 할아버지 묘소에 장지를 정했다.

우리 마음이 있는 곳에 내 인생도 있다.

"위의 것을 생각하고 땅의 것을 생각하지 말라"
– 성경 골로새서 3:2

9. 행주, 인생길에 따로 꽃길이 없고 건강하면 꽃길이다

나의 아버님은 서임 김상의 할아버지의 막내아들(9번째)로 태어나서 일제 말기의 암울한 시대 상황을 보내다가 해방 후 한국전쟁을 겪고 난 후에 공직(경찰) 생활을 시작하셨다. 불행히도 전쟁통에 군대에 미징집되는 바람에 5.16 이후에 공직 생활을 할 수 없게 되어, 고향에 내려와 농사와 함께 조그만 자영업을 하셨다. 평소에 건강이 좋지 못하여 일찍 소천하셨다. (1933~1995)

부인 정영자 권사(1937~2023)과의 사이에 4남 1녀를 두었는데, 첫째 아들인 김진연 목사(1957~)는 어렸을 때부터 동네에 있는 교회를 열심히 다니면서 깊은 신앙심으로 자랐다. 첫 직장인 한국과학기술원에 재직하다가 더 큰 은혜와 소명을 받아 회사를 사직하고 신학을 공부하여 현재까지 장로교 광진교회 담임 목사로 사역을 감당하고 있다.

김 목사의 자녀들은 2남 1녀로 딸은 사위와 함께 로스쿨을 나와서 사위가 대표변호사로 있는 전주의 법률사무소 건우를 운영하고 있다. 나머지 아들들은 결혼하여 가정을 꾸리며 회사원으로서 열심히 살아가고 있다. 그 밖의 동생으로 둘째 김진진(1960~), 셋째 김진신(1962~), 넷째 진찬(1965~), 다섯째 김진구(1975~) 모두 다 자녀들이 2명씩이며 손주들까지 포함해서 행복한 가정생활을 영위하고 있다.

"주 예수를 믿으라 그리하면 너와 네 집이 구원을 얻으리라"

- 사도행전 16:31

글 첫째 아들 김진연

김진연 딸 결혼식(2023. 10. 7.)
좌로부터 막내(수한)와 며느리(이소정), 가운데가 딸(혜진)과 사위(고건우),
오른쪽이 장남(요한)과 며느리(황현정) 그리고 손녀딸(지현)

삶은 사랑과 은혜의 선물입니다

(사진= 하재열 작가)

3장

우리 인생에도
꽃은 핀다

〈죽은 시인의 사회〉 영화의 울림은 한 마디로 '카르페 디엠'이다. 오늘을 즐겨라! 키팅 선생은 학생들에게 즐기라고 당부하면서 이렇게 말한다.

> "그 누구도 아닌 자기 걸음을 걸어라. 나는 독특하다는 것을 믿어라. 누구나 몰려가는 줄에 설 필요는 없다. 자신만의 걸음으로 자기 길을 가라. 바보 같은 사람들이 뭐라고 비웃든 간에…"

단 한 번뿐인 인생에 다른 사람이 정한 가치와 윤리에 파묻혀 진정 자기 생각을 하지 못하고 끌려다니는 모습이 안타깝다. 기존의 신념과 기준에 구애받지 않는 자유롭게 생각하는 힘이 필요하다. 불안과 고독을 수반할 수밖에 없는 여정에서 진정한 용기와 열정이 가져야 한다. 경쟁적 구도에 치닫고 사는 현대인의 남 탓은 버려야 한다. 정말 중요한 것은 눈에 보이지 않는 것처럼 성공이라는 세상 가치에서 스스로 생각하는 힘만이 더욱더 강력한 힘이 된다는 사실이다.

1. 진규, 광야 같은 인생, 무탈한 하루가 온전한 은혜

　김진규 형님의 KAL 납북 사건은 온 국민을 놀라게 할 뿐만 아니라, 온 가족의 가슴에 비수를 쓸어 꽂은 사건이다.

　"너와 이렇게 만나다니 꿈만 같구나. 서울에 있는 가족들이 모두 무사하다니 감사하다. 너는 집에 돌아가서 난 이곳에서 편하게 지내고 있다고 말해라." 당시 옥주 숙부는 평양 근방 어느 농장의 관리인으로 부상(副相) 대접을 받고 새로 결혼하였다고 한다. 혹시라도 이북에 남으라고 권유하면 어떡하지 하는 우려감이 있었지만, 옥주 숙부의 담담한 말씀에 진규 형님은 고개를 떨어뜨릴 수밖에 없었다.

　당시 공무원 신분을 감추려고 무직이라고 속였지만, 며칠 지나지 않아 체신공무원임을 밝혀냈고 6.25 때 월북하신 숙부와의 만남이 평양에서 두 차례 이루어진 것이다.

　그 후 옥주 숙부님은 1988년 10월 2일 북한 잡지 『민족지』에 따르면 평양시 룡선구역에 조성된 묘에 묻히셨다고 한다. 비문에는 "김옥주 선생 조국 통일 수상자, 재북평화통일총진협의회 회원"으로 적혀 있다. 이 사건 이후 진규 형님의 인생관이 바뀌었다. 특별한 일이 없는 무덤덤한 날의 연속일지라도 가족과 함께 보낼 수 있다는 것이 얼마나 큰 축복인지 깨닫게 된 것이다.

전 국민을 떠들썩하게 만든 사건의 전말을 알아본다.

대한항공 KAL 납북 사건은 1969년 12월 11일 대한항공의 KAL YS-11 여객기가 북한 공작원에 의해 공중 납치돼 함흥시 인근의 선덕비행장에 강제 착륙된 사건이다.

1969년 12월 11일 오후 12시 25분경 승객 47명과 승무원 4명을 태우고 강릉을 출발하여 서울로 향하던 대한항공의 KAL YS-11 국내선 쌍발 여객기는 이륙한 지 약 14분여 만에 강원도 평창군 강릉시 대관령 일대 상공에서 승객으로 위장하여 타고 있던 공작원 조창희가 조종사를 위협하고 공중 납치하여 오후 1시 18분경 북한의 선덕비행장에 강제 착륙했다. 평양방송은 사건 발생 후 약 30시간 뒤인 12월 13일 새벽, KAL YS-11기가 조종사 2명의 자진 입북에 의해 북한에 도착하였다고 밝혔다.

그리고 12월 22일 판문점에서 UN의 요청에 의하여 '군사정전위원회 비서장회의'가 열려 납북된 사람들과 여객기 기체의 송환을 요구했지만 이에 북한은 UN군이 개입할 사안이 아니라는 이유를 들며 거부하였다.

대한민국은 일본 적십자사 및 국제적십자위원회의 도움을 받아 북한과의 협상을 성사시키려 하였지만, 북한은 이에 응하지 않았고 사건 이후 대한민국 각지에서 북한을 규탄하는 시위가 벌어졌으며 12개국 주요 항공사에서 이 사건에 대해 규탄한다고 밝히기도 하였다.

그러자 북한은 1970년 2월 5일 납북자들을 송환하겠다고 공표했으나 이 중 승무원 4명과 승객 8명은 송환을 하지 않겠다고 밝혔다. 대한민국 정부는 전원 송환을 요구하며 송환 협상을 벌였지만 결국 2월 14일 판문점을 통해서 12명을 제외한 39명만 송환받고 사건이 종결되었다.

진규 형님은 조달청 원가 관리의 일인자로서 오랫동안 공직에 머물렀다. 93세임에도 총 쏘기의 베테랑으로 몇 년 전까지 전국을 다니면서 수렵을 할 정도였다.

진규 가족 일동(상도동)

2. 진휴, 과학기술계 원자력 개발에 공헌, 은혜와 봉사

나는 풍광이 수려하고 물산이 넉넉한 고을, 광양군 진상면 지원리 1329번지, 1932년 음력 11월 27일 인시(寅時)에 아버지 김선주 님, 어머니 황금효 님 사이에서 둘째 아들로 태어났다. 형님 진규가 태어나고 3년 만의 탄생이었다. 어머니는 안채 작은 방을 정식으로 인수한 자리에서 나를 낳고 산고를 벗어나는 비몽사몽 가운데 은은하게 들리는 대밭골 교회의 종소리가 그렇게 평화로울 수 없었다고 술회했다.

평안한 어린 시절

부모님은 서쪽 대문 칸 방을 개조해서 신혼을 시작했는데 안채 큰 방에 계시던 조부모님이 벅수거리 쪽으로 새집을 지어 나가시는 바람에 백부님 내외분이 큰 방으로 옮기고 작은 방에서 내가 태어났다. 내가 크면서 가장 좋아했던 쪽방 하나가 있었다. 앞마루와 연결

된 방으로 백모님이 관리하시는 보물창고였다. 곶감, 대추, 엿, 과일, 유과, 조청, 건어물 등 기막힌 먹거리가 줄줄이 들어가고 나오는 '알리바바'의 보물창고인 셈이다.

큰어머니 손에서 전해지는 간식을 한입 물고 방으로 들어오는 그 재미를 어디다 비교할 것인가? 장난꾸러기였던 나와 사촌 그리고 어린 삼촌들은 안채 뒤뜰 언덕에 있는 초가에서 놀았다. 그곳에는 짚더미 보릿대가 있어 여차하면 기어들어가 피신하곤 했다. 장난이라고 하면 타의 추종을 불허하는 두 분이 나의 형님과 규주 삼촌이다. 어른 흉내 낸다고 담배 장난하다 짚더미에 불이 붙고 옆에 있던 그해의 수세(收稅) 받아 쌓아 놓은 산더미 같은 볏가마 절반을 태운 불상사도 일어났다.

내가 태어날 때 아버님은 일본 동경 유학 시절이었다. 아버님은 넉넉한 학비 덕택으로 겨울방학에는 설국(雪國)으로 스키를 타러 가시고, 여름방학에는 가나가와현(神奈川県)의 에노시마에 캠핑 가느라 집에는 봄방학 때 잠깐 들르시는 정도였다고 한다.

어머님이 얼마나 외로웠을까? 만주 북간도 망명에서 귀환해 아직도 가계가 복구되지 않아 친정에 가서 해산할 수도 없었던 처지였다. 서방님 없는 대가의 시집살이가 얼마나 고달팠을까? 아버님의 늦은 귀국으로 나의 호적상의 생년월일은 이듬해인 1933년 3월 30일로 되었다. 당시 유아 사망률이 높아 100일 지난 후에 출생신고를 하는 예가 많았다. 나는 초등학교는 진상초등학교, 경남중학교와 인천중학교 그리고 경남상업학교를 졸업하고 고려대학교 정외과를 나왔다.

민족의 비극 6.25

1950년 6월 28일 새벽 3시경 북한 인민군 전초부대는 T34 전차를 앞세우고 미아리 무악재를 넘어 서울 시내에 돌입했다. 우리 가족은 중구 필동에 있는 체신부 관사에 살고 있었는데, 포 소리와 소총, 기관포 소리가 계속 들렸다. 새벽 6시쯤 호기심이 발동하여 슬그머니 문을 열고 밖으로 나가 봤다. 사람들의 움직임이 전혀 보이지 않았으나 저만치 큰길 쪽에서 간간이 지축을 흔드는 탱크의 굉음과 자동차 소리가 들려왔다.

산발적으로 인민군의 지프와 빨간 완장에 레닌 모자를 쓴 사람들이 삼삼오오 트럭에 올라타고 적기가(赤旗歌)를 소리 높여 외치며 지나가는 모습이 이어지고 있었다. 놀란 가슴을 부여잡고 집에 돌아왔다. 어머니는 아침을 준비하고 계셨다. 식구로 어머니와 동생 영자, 경자, 삼녀 미자, 유치원생 삼남 진문 등 일곱 식구가 있었다. 형님은 막 대학을 졸업하고 시골 우리 큰댁과 외갓집에서 공동출자해서 건립한 진상 농업학교의 영어 교사로 내려갔고, 아버지는 체신부의 저금. 보험 국장으로 계시다 극적으로 마지막 순간 서울역으로 나가서서 부산으로 내려가셨다.

천생 내가 졸지에 가장 역할을 해야 했다. 어머님 재촉에 돈암동 큰댁으로 가 보기로 했다. 왜냐하면 전날 미아리고개 인근에서 쌍방의 치열한 공방전이 벌어졌다는 소문으로 돈암동 일대도 수라장이 됐으리라는 짐작 때문이다. 돈암동 사거리에 있는 백부댁에 도착했는데 "이 위험하고 무서운 곳에 어떻게 헤치고 왔냐"면서 야단을 치셨다. 다행히도 모두 안전하셨다. 귀가 도중 인민군의 공식 서울 수도 입성 부대의 행렬을 따라 종로4가까지 왔다.

참가한 부대는 깨끗한 군복을 입었으며 달고 있는 계급장도 반짝반짝하고 각종 장비도 신품이었다. 보기에도 사전 계획이 철저했던 것으로 짐작된다. 인민군은 서울 점령 후 계속 남하했고 집에 있는 단파 라디오를 통해 전황을 계속 들었다. 주일미군이 참전했고, UN 안보이사회에서 북한을 침략자로 규정했으며, 6월 말부터는 서울

상공에 YAK기가, 그리고 간혹 미군 전투기, 함재기 등이 나타나기도 했다. 인민군이 남하하기 시작하면서 주민들은 동원되어 군수물자를 남으로 보내는 일을 추진하고 공습으로 파괴된 한강철교를 복구하는 노력에 집중했다. 처음 동원 명령이 내렸을 때 나 대신 가사도우미 숙자를 대신 보냈는데 안쓰러웠다. 그래서 내가 숙자 대신 자원해서 출동했던 이튿날 새벽일을 마치고 해산, 귀가할 무렵이었다. 동원증을 나누어 주던 마음씨 좋은 아저씨가 동원증 몇 장을 나의 호주머니에 넣어 주면서 "학생 위험해, 앞으로 나오지 말아" 하는 것이다.

서울은 완전 인민군의 승전 모드였다. 일곱 식구의 먹고사는 문제가 심각해졌다. 집에 비축해 둔 식량이 바닥이 난 것이다. 할 수 없이 아버님이 아끼시던 일제 자전거와 돈, 옷가지 등을 물물교환하여 식량을 구했다. 전황이 고정되면서 의용군 모집이 본격화되었다. 각 학급별로 등교 학생을 무조건 의용군에 강제지원시켜 간단한 소총 훈련 후에 남하시키기 시작했다. 처음에는 좌익학생들의 자진 입대가 대부분이었으나 점차 병력이 부족해지니까 동 단위로 강제 징집을 했다.

어느 날 아침 밖에서 부르는 소리가 났다. 어머니가 나가시더니 나에 대한 의용군 문제로 인민위원회에서 다녀갔다고 하신다. 식량 구하러 산골에 갔다고 했으니 당분간은 괜찮겠지만 앞으로가 문제라고 하신다. 가족들과 협의 끝에 일단 피신하기로 했다.

전쟁 종식의 소식이 없고 식량 문제로 큰댁 형님들과 의논 끝에 서울에서 더 버틸 수 없어 고향으로 낙향하기로 결정했다. 통행의 안전을 위해 범주(당시 고려대 졸업반) 삼촌이 김옥주 숙부님을 만나 서울시 인민위원회가 발행한 거주증명 겸 통행증을 발급받아 9월 초 새벽에 용산 집에 집결했다. 기차역에서 소화물용으로 사용하는 일본 손수레를 숙모님이 준비해 놓으셨다. 침구와 옷가지 그리고 식량과 바꿔 먹을 물품 등을 싣고 오전 아홉 시경에 출발했다. 걸어서 한강 인도교를 건너 어둑어둑할 즈음에 오산 입구의 헛간 하나를 발견하고 하룻밤을 보냈다. 오산에서 새벽에 출발하여 하루 평균 50~60km의 강행군을 했다. 노숙을 약 6일간 하면서 마침내 진상 큰집에 도착했다.

UN 연락 장교에 지원

1950년 10월 1일은 국군 1사단이 전선을 돌파, 북으로 진격하는 날이었다. 많은 학생들이 의용군 또는 학도병으로 출전하고 선생님들도 변동이 많아 학교가 제대로 운영될 수 없었다. 무엇이든 소일거리를 물색하던 중 UN 연락장교단에서 연락 장교 3기생 모집을 한다는 소식을 들었다. 나이나 학번을 묻지 않고 영어만 구사하면 자격이 되는 것이다. 1, 2기생은 이미 대구에서 모집하여 각 부대에 배치되었고, 서울 수도 탈환 후 처음 있는 모집시험이었다.

일정한 훈련 후에 육군 중위로 임관시킨다는 매력적인 조건이었다. 시험 장소에는 하와이 교포라는 60이 넘은 할아버지, 상해에서 무역업에 종사하던 50대 장년 등 다양했고, 중학생 차림의 학생은 나 이외에는 거의 없었다. 다행히 합격되어 명동성당에서 훈련을 받았다. 오전에는 제식훈련, 오후에는 미군의 야전 교본 위주로 강의를 받았다. 인원은 약 70여 명, 모두 형님뻘이었다. 약 일주일 정도 교육을 받고 연락 장교단 보좌관인 서국신(육사 3기)로부터 연락이 와서 본부 행정과에서 낮에 근무하게 되었다. 연락 장교단 단장은 훗날 총리를 역임한 강영훈 당시 준장이었다. 훈련이 약 2주 정도 진행되었을 때 성적순으로 20명을 잘라 임시로 설치된 인천 포로수용서 통역요원으로 차출되고 50여 명만이 서울에 남았다. 드디어 임관에 관한 심사결과가 나왔다. 불합격이었다. 이유인즉 나의 호적 나이가 장교임관 요건에 미달했다. 회화능력이 좋았으나 필기시험 점수도 미달이었다.

쟁쟁한 일류대학 영문과 출신의 형님들과 경쟁이 되지 못했다. 마침 미 10군단 예하 특수전 부대 S.A(Special Activity Group), 일명 레인저(Ranger)부대라고 하는데, 이 부대에서 젊고 활동적인 통역 요원 파견을 연락 장교단에 의뢰했다. 비정규전을 주 업무로 하는 소부대로서 주 저항선 바로 후방에서 주요 사령부를 측방 경계하는 조직이다.

이것저것 따질 수 있는 신분이 아니라 육군본부로 쫓아가 인터뷰를 하고 합격했다. 합격생은 10여 명으로 군용차를 타고 오전 내내 달려가서 안동 지방 철도국 관사에 도착해서 여장을 풀고 생애 처음으로 미군 식사를 했다. 다음 날부터 본격적인 전투 훈련을 했고, 약 3주간의 기초훈련을 끝내고 이동 명령을 받았다. 그 후 지평전투, 제천 전투, 대구 전투에 참여하게 된다.

복학과 군 생활

정전이 되어 집으로 돌아가고 싶었다. 부대에 사의를 표했다. 마침 부산지방 체신청장이 된 아버님을 뵙기 위해 부산으로 내려갔다. 부산관사는 일제 때 고등관이 살던 집이라 정원도 넓고 집이 좋았다. 그동안 부산은 많이 변했다. 부산 토박이는 없고 전국에서 피난 온 출신 칵테일이 된 것이다. 모교인 경남고등학교에 찾아갔다, 우리 5회는 한 명도 학교에 남아 있지 않았다. 영수학원에 다니면서 대학입시 공부를 했다. 열심히 공부한 탓에 고려대에 입학하게 되었다.

1955년 3월 산수유가 흐드러지게 피고 진달래 붉게 물든 안암동 교사 2층 강단에서 유진오 총장님의 말씀으로 정식 고대 학생이 되었다. 대학 2학년까지는 낭만과 여유 있게 지냈지만 3년 차가 되자 병역문제 그리고 졸업 후의 취업문제 등 현실에 부딪히게 되었다. 3학년 2학기 무렵 정규 통역장교 모집 공고가 붙었다. 육군 중위로 임관하되 전과 달리 논산훈련소에서 사병과정을 마치고 육군보병학교에 입교, 3개월의 OSC 과정 후 임관하며 후기 교육으로서 육군 부관학교 군사 영어반에서 3개월 훈련을 받고 부대 배치된다는 내용이다. 훈련을 모두 마친 후 인사명령을 서울 합동참모본부에 배치되었다. 서울에 배치된 사람은 나 혼자 유일했다. 군사영어반에서 졸업 때 일등 한 덕분이다. 그리고 육군 중위 시절 결혼을 했다.

결혼식, 부산 백화당 예식장(1958. 12. 14.)
사랑이 넘치고 하루하루가 축제가 아닌가?

미국 유학과 문화충격

5.16 후 아들 성한이가 태어났고, 육군 참모부에 부임한 이후 좀 안정이 됐다. 군도 최고 회의 중심으로 초점을 맞추기 때문에 육본은 텅 빈 느낌이었다. 그 무렵 통역장교는 인적자원 부족으로 제대가 보류된 상태였다. 다만 유학으로 인한 제대만 인정했다. 평소 알고 있었던 미국 Stevens 박사는 펜실베이니아주의 Lafayette

College 조교수로 교편을 잡기 시작했다. 그분이 집도 마련했고 언제라도 도미해도 좋다는 연락이 왔다. Lafayette 대학은 장로교 계열의 후원으로 운영되는 학교로 역사가 200년 되었고 한국과도 인연이 깊다.

서재필 박사가 처음에 미국으로 들어간 것도 이 대학과 관련된 후원단체 덕분이고 이 대학에서 한 학기를 보낸 적이 있다. 나에게 입학원서가 도착했고 장학금은 학비면제로 '스크랜톤'시에 거주하는 성명을 밝히지 않은 어느 독자가 부담한다고 했다.

어느 주말 서종철 장군(당시 서 장군의 부관으로 있었음)께 유학문제를 말씀드리고 제대 신청을 하겠다고 여쭈었다.

"아쉽기는 하지만 자네의 장래 문제이니 어쩌하겠나? 여비 등을 마련했나?" 등 걱정을 해 주신다. 12월 제대 목표로 미국 USIS에서 치르는 영어능력 시험 결과를 미국 학교에 보내고 문교부에서 실시하는 유학시험에도 통과했다. 당시 여권은 단수여권인 데다, 구비서류와 절차가 무척 까다로웠지만, 군복을 착용한 채 출입하고 5.16 직후라 군인에게 모든 게 우선적으로 이뤄졌다.

여권과 VISA가 해결되었지만, 이제는 미국에 도착하기 위한 최

소한의 여비 마련이 시급했다. 서 장군과 국가최고회의 최고의원인 박태준 대령, 유원식 대령, 박희동 대령, 김종호 중령 등이 여비를 보태 줬다. 아이 둘을 맡긴 채 생활대책도 변변히 세우지 않고 떠나는 심정이 막막했지만, 공부도 시기가 있고 아내의 "면학 조건이 되어 있으니 걱정하지 말고 떠나라"는 격려의 말에 힘을 얻었다. 1961년 12월 중순 김포공항에서 남녀 유학생 36명이 탑승한 Boeing 707이 미국으로 떠났다. 그리고 성실함과 끈질김으로 미국 생활에 안착했다. Stevens 박사 가족의 일원이 되어 대학 생활을 무사히 마치고 Lehigh University 대학원 국제관계학 전공(M. A)를 무사히 마칠 수 있었다.

취직 생활

기본 생활이 보장된다면 나는 교직에 관심이 있었다. 우선 모교에 찾아가 김상협(金相浹, 고려대학교 총장·문교부 장관·제16대 국무총리) 선생님께 인사를 했고, 학교 교직에 들어가기를 희망했다. 마침 잘됐다면서 윤천주 교수께 가 보라고 하신다. 윤 교수는 공화당 창당의 이론 기초를 제공하였고, 막 공화당의 사무총장을 수락하고 짐을 싸고 있던 중이었다. 윤 교수께서는 당신이 그동안

맡고 있던 정치 생태학 강의 2시간짜리를 내가 해 보면 어떻겠느냐 말씀하셨다.

나의 전공은 외교사로 정치철학 분야와는 거리가 있고, 전임이 불가능하고, 시간강사부터 시작해야 한다는 말씀에 내가 너무 욕심이 많았던 것으로 생각되어 학교에 남는 것을 포기했다. 다음 날 최고회의 상공위원으로 계시는 박태준 장군을 찾아갔다. 귀국 인사를 하고 자리 말씀을 드렸더니 알아보겠으니 다음 날 연락을 하라고 하셨다.

다음 날 박태준(朴泰俊, 국무총리, 11, 13, 14, 15대 국회의원, 포스코 명예회장) 장군실에 연락했더니, 한국무역진흥협회 김 이사를 찾아가 보라고 했다. 당시 KOTRA 설립을 위한 준비 작업이 한참인 시기였다. 김 이사는 대령예편으로 안면이 있는 분이었다. 내년(1964년 6월)에 뉴욕에서 개최되는 세계박람회에 한국관이 들어가는데 준비팀에 참가했으면 좋겠다는 말씀이었다. 얼떨결에 "가족을 데려갈 수 있습니까?" 하고 물었더니 "이 사람아, 대사님들도 가족을 동반 못 하는데" 하신다. 물거품이 되는 순간이었다. 일 년 내지 일 년 반 동안 홀아비로 있어야 한다고 했다. 또 이산가족이다. 귀국한 사정을 말씀드리고 정중히 거절할 수밖에 없었다.

한편 1963년 11월 26일 국회의원 선거에 공화당으로 나가셨던 아버님께서 3,000여 표 차이로 제6대 국회의원에 당선되었다. 지난번 5대 무소속 국회의원 낙선의 설움을 딛고 일어서신 것이다. 선거에 아버님 선거를 돕고 서울로 상경했다. 무임소장관실에서 나의 마지막 임무는 청와대에서 장관의 퇴직 전별금을 받아 오는 일이었다. 새로운 내각이 발표되고 김현철 내각은 모두 사표를 제출했다.

1963년 12월 17일 5대 대통령 취임과 6대 국회의원을 축하하는 경축연회가 중앙청 중앙홀에서 열렸다. 대통령을 비롯하여 새로 임명된 최두선(崔斗善) 내각, 6대 국회의원 그리고 외교 사절들이 대거 참여했다. 그 자리에서 아버님은 최두선 총리에게 "광양·구례 출신 국회의원 김선주입니다." 하고 말씀을 드렸더니 "아니, 광양의 김현주 선생과는 어떻게 되시는가?" 하고 물으셨다. "예, 저희 백부이십니다." 하셨더니 많은 귀빈이 모인 자리에서 "그래, 30여 년 전에 현주 씨에게 크게 신세를 졌지!"라고 하시면서 아주 반갑게 맞아 주셨다고 한다.

"내일쯤 찾아뵙고 인사를 드릴까 했습니다." 하시고 다음 날 오후로 약속을 하셨다. 다음 날 만난 자리에서 이런저런 이야기를 하시다가 선친께서는 유학에서 돌아온 아들 부탁을 하신 모양이다.

"영어 할 줄 아는 사람이 필요하지!" 하시면서 임윤영 비서실장에게 선친이 가지고 가신 이력서를 건넸고, 익일 출근하라는 전갈을 받아 와서 나의 공직생활이 시작되었다. 우선 정무 비서관에 배치되었다. 무임소장관실에서 T/O 관계로 졸지에 3갑 비서관이 되었으나, 총리실에서는 나의 이력을 재심한 결과 3을로 시작하도록 했다.

10일 후 甲辰年 새해가 밝았고, 아버님을 따라 성북동 최 총리 댁에 세배를 갔다. 많은 세배객이 모인 사랑방에서 최 총리는 정식으로 우리 큰댁 백부님 김현주와의 교우 관계를 들려주셨다.

1932년, 인촌 김성수(金性洙, 정치인, 제2대 부통령, 동아일보 창간자, 고려대학교 창립자) 선생이 보성전문(지금의 고려대학교)을 인수하시고 학교 재건기금을 마련하기 위해 팔도강산 전국 곳곳을 누비면서 소위 민족자본가를 찾아다니고 있을 때였다. 제일 먼저 황해도, 평안도, 함경도를 거쳐 강원도, 경상도 그리고 마지막으로 전라도를 지나 충청도를 거쳐 서울로 돌아오는 긴 여행을 약 3개월에 걸쳐서 하셨다고 한다. 이때 경남에 들어서면서 함안, 진양, 하동을 거쳐 광양군 진상면 지원리 우리 큰댁에 당도하셨다. 백부님과 처음 인사를 나누고 조부님 김상의 옹을 알현했는데 가장 인상적인 말씀을 들으셨다고 한다.

"참 좋은 일을 하십니다. 보낼 만한 학교가 국내에 없어 우리 자식들을 몽땅 일본으로 보냈습니다. 이렇게 해서야 되겠습니까? 우리도 좋은 대학을 가져야지요."라고 말씀하셨다고 한다." 당시 동행은 인촌 선생, 김준연 선생, 최두선 선생 세 분과 보전학감 한 분이었다고 한다.

조부님의 말씀에 모두 감명을 받고 지금도 생생하게 기억하신다고 말씀하셨다. 2개월여의 긴 여행길에 여름철 더위로 매우 지쳐들 계셨던 모양이다. 사교에 능한 백부님은 "기부금, 걱정 마시고 산수 수려한 고을에 요양 오셨다 생각하고 한 일주일 푹 쉬어 가시도록" 간곡히 말씀드렸다고 한다. 땀이 밴 내의를 모두 비벼서 세탁하여 입혀 드리고 낮에는 숭어, 장어 낚시하고 밤에는 바둑대항전을 펼치며 재미있는 4박 5일을 보내셨다. 가장 기억에 남는 음식은 애저(새끼돼지 요리) 그리고 장어구이었다고 한다.

일행이 떠날 무렵 백부님은 상당한 거액을 약정하시고 하동, 순천 등지의 은행에 가서서 약정금액의 반을 현금으로 찾아서 일행에게 챙겨 보냈다고 한다. 그 후 백부님은 사업상 일이 있을 때마다 이분들을 찾아뵙고 교우를 했으며, 특히 11월에 첫 김(海苔)이 출하되면 반드시 인촌 선생 댁, 최두선 선생 댁에 선물하셨다고 한다. 이렇게 최 총리께서는 흥분된 어조로 약 20, 30분 동안 우리 집안을 내빈들에게 자랑해 주셔서 매우 뿌듯함을 느꼈다. 지금 생각해 보면 선대에서 베푼 은혜가 후대에 반드시 축복으로 되돌아온다는 것을 절실히 느꼈다. 나도 선대의 덕으로 이렇게 취직이 되고 비교적 일찍 주요 분야에서 일할 수 있었다.

총리실에서의 근무는 편하고 재미있었다. 최 총리께서는 인자하신 할아버지, 아니 자상하신 교장 선생님같이 느껴진다. 전혀 관료 사회의 위계질서나 권위 같은 것을 느낄 수 없는 그런 분위기였다. 정무실의 첫째 업무는 각 부처에서 올라오는 국무회의 안건을 의결사항, 보고사항 순으로 분류하고 요약해서 총리께 올리는 일이었다. 쟁점 사항이 될 만한 것은 장관이 직접 총리께 사전보고하는 일이 많았다. 따라서 정무실에는 수명의 비서관이 있어 몇 개 부처를 묶어 담당자가 지명되어 있었다. 나는 건설부를 포함한 몇 개 경제 부처와 국방부 업무를 담당했다.

산업자금이 절실히 필요했던 박정희 대통령은 한일회담을 서둘러 강력히 추진했다. 이를 위해 돌격 내각이 필요했다. 영국에서 공부하고 있던 정일권(鄭一權) 씨를 외무부 장관으로 발탁하여 차기 총리로 내정했다. 한일회담이 진전되자 야당은 '대일 굴욕외교 번대 범국민투쟁위원회'를 결성해 본격적으로 반대 투쟁에 나섰다.

제3공화국의 첫 번째 위기였다. 1964년 5월 말경 '김종필(金鍾泌) 오히라(大平)' 메모가 누설되었다. '무상공여 3억 달러 10년 분할 제공, 유상공여 2억 달러 10년 분할 제공, 상업차관 1억 불 + 알파'라는 메모의 내용이 민족 감정에 불을 붙였다. 야당은 물론 학생들이 본격적으로 들고 일어났다. 각 학교별로 경쟁이나 하듯이 데모가 연일 계속되고 수그러들지 않았다. 이런 혼란이 오자 최두선 총리는 사퇴하고, 정일권 내각이 발족하는 절차를 밟은 것이다. 정 총리의 인사 원칙은 사고만 치지 않으면 내보내지 않는 너그러운 것이었다. 특히 청와대와의 역학관계를 보아서 당신의 세력을 키우는 데 몹시 조심하는 것 같았다. 정 총리가 부임하면서 나는 3을에서 3갑으로 진급을 했다. 심각했던 6.3 사태는 김종필 당의장의 제2차 외유와 김연준, 서민호 의원의 구속으로 수습되기 시작한다. 총리실 근무한 지도 어언 9년에 접어들었다. 33세에 국장이 된 나는 주변에도 미안하고 빨리 핀 꽃이 빨리 진다는 세간의 말로 걱정이 살짝 들었다.

이제 일반 부처로 나가기를 염원했다. 그런데 마침 새로 조직되어 출범한 과학기술처의 김기형 장관이 박정무 비서관을 찾아왔다. 과기처의 인원 충당 문제가 화제가 된 모양이다. KIST의 해외과학자 유치도 문제지만 과학처 자체의 좋은 인재 유치도 힘들 뿐만 아니라 농학 분야에서는 많은 지원자가 있지만, 공학 분야에서는 거의 없는 분야별로 많은 차이가 있는 애로를 이야기한 모양이다. 이에 박 수석은 나를 추천했다. Lafayette, Lehigh 등 공대로 유명한 학교 출신이라 인문사회 출신이지만 자연과학에 관한 이해가 있는 것으로 소개했다. 그리고 김 장관도 Pennsylvani state에서 학위를 했기 때문에 같은 주내에 인근하여 있는 두 학교를 잘 알고 있었다.

총리의 허락이 났고 전형 신청을 해 놓았다. 당시 나는 별정직으로 일반직으로 전환하려면 전형을 거쳐야 했기 때문이다. 시험은 헌법, 행정학, 행정법 그리고 경제학이었다. 한 과목이라도 과락이면 1개월 후에 재시험을 치르든지 아니면 포기해야 한다. 마음 단단히 먹고 시험 준비에 돌입했다. 낮에는 중앙청사에서 밤에는 집에서 약 40여 일을 파고들었다. 다행히 10:1의 경쟁인지라 과락 없이 무난히 통과되어 과기처 연구조정실로 가게 되었다.

과학기술계 그리고 원자력 개발

1970년 10월 초 광화문 조선일보 뒤쪽 청화빌딩에 소재한 과학기

술처 연구조정실로 부임했다. 과학기술처는 신생부서였다. 경제기
획원의 기술관리국을 확대 개편하는 방향으로 1967년 정부조직법
1847호로 공표되고 그해 4월에 정식으로 출범했다.

과학기술처는 과학기술을 위한 통합적인 기본정책의 수립, 시험,
조사, 연구 업무집행에 관한 종합조정 그리고 과학기술진흥을 위한
국제적 협력을 추진하고, 원자력의 연구개발과 활용방안을 수립,
집행하는 것이 임무로 되어 있다. 인문사회 분야의 담당 조정관으
로서 나의 첫째 임무는 매년 초에 개최되는 국가과학기술진흥 확대
회의의 자료를 준비하는 것이다.

대통령이 임석하는 회의였으므로 과기처로서는 매우 신경을 쓰
는 회의여서 매우 신경을 써야 했다. 둘째 업무는 전년도 연구용역
사업을 수납하고 신년도 사업을 계약하는 일이다. 과학기술처는 셋
방살이를 면하고 종합청사 정상 20층에 자리를 잡았다. 1971년 내
각의 대대적인 개편이 있었다. 김 장관이 사임하고 과학기술계의
대부라 할 수 있는 최형섭(崔亨燮, 원자력연구소 소장, 한국과학기
술연구소 소장, 과학기술처 장관) 박사가 부임했다.

그동안 과학처가 하는 일에 불만이 있었고 관료사회 자체가 못마

땅하게 생각하는 분이었다. 부임하자마자 첫 작품으로 연구조정실부터 개편하겠다는 의지를 표했다. 타 부처로 이전해야 하는 처지가 되었다. 그해 10월 어느 날 차관 이창석 씨가 불렀다. 이 차관은 평양 사범 출신으로 교직에 계시다가 정부 수립 후 1회 고등고시에 합격한 문교부 관리로서 오래 계신 분이었다. 나의 아버님도 같은 공직 출신으로 회의에서 자주 만났던 사이라 내 문제에 특별히 관심을 가지고 있었다.

말씀인즉 장관과 이야기가 되었으니 KIST에 가서 사업관리실을 맡는 것이 어떻겠냐는 것이다. 이어 말씀하시길 "최 장관 알지 않느냐. KIST에 '관료 냄새'도 접근시키지 아니하려고 고집이 있는데, 김 조정관은 미국 유학도 했고, 연구실장 박사들과 호흡이 맞을 것 같아 특별히 고려한 인사라고 간곡히 말씀했다. 그리고 보수체계나 이런 것으로 봐서 '책임급'으로 가면 생활에도 도움이 될 것"이라고 했다. 모든 조건이 좋았으나 다만 관직에 대한 미련 때문에 고민이 되었다. 지금은 상황이 달라졌지만, 당시에는 관직을 떠나면 그것으로 관료의 희망을 접어야 하는 것이기 때문이다.

집에 돌아와 아내와 아버님께도 말씀드려 어느 정도 마음을 고쳐먹고 있었다. 1971년 크리스마스를 전후한 어느 날 KIST에 부임했다. 산림청 임업시험장 중앙에 자리 잡은 연구소는 환경은 말할 것도 없고, 시설들도 최첨단으로 근무에 자부심을 느낄 정도였다. 미국을 비롯한 해외 여러 연구소와의 협력관계도 많고 해서 나의 전공을 되살리는 일들이라 의욕도 생겼다. 사업관리실 책임자로서 특별히 창조적으로 개발하는 일이나 시간에 쫓기는 일은 없었다. KIST의 모델인 미국 바텔연구소의 규정과 매뉴얼에 의해 잘 짜인 KIST는 그저 조용히 굴러갈 뿐이었다. 운동으로 주말에는 등산을, 주중에는 단전호흡을 배워 지금도 중단 없이 운동을 하여 건강관리에 힘쓰고 있다.

세상에 열정 없이 이루어진 위대한 것은 없다

KIST 행정에 한창 재미를 느끼기 시작할 무렵 어느 날 나의 인천중학교 정구(소프트 테니스) 파트너였던 윤용완 군의 형님 윤용구 박사(당시 KIST의 유치과학자로서 금속공학 관련 연구실을 총괄하는 금속연구부장)가 찾아왔다. 방문 요지는 원자력청(산하에 원자력연구소, 방사선 의학연구소와 원자력병원 그리고 방사선농학연구소 3개 기관)을 개편하여 특수법인연구소인 한국 원자력연구소를 창립하는데 행정 관리실을 맡아 주었으면 좋겠다는 제의였다.

젊은 나에게는 또 다른 도전이라 생각하고 수락을 했다.

1973년 3월 새로 개편된 원자력연구소에 부임했다. 우선 시급한 것은 각종 규정을 만들고 조직에 다른 인사를 단행하는 것이었다. 연구소 5년 동안 원자력 발전의 국산화 대장정에 힘을 쏟았다. 이제 후진을 위해 자리를 비워 줘야 하는 시점이 왔다.

원자력의 국산화를 목표로 하는 KNE 부사장으로 자리를 옮겼다. KNE는 KOPEC으로 발전되었고 1979년 말 영광 원전 1, 2호기가 계약되었다. 고리 3, 4호기와 작은 방식의 계약이었다. 다만 국산화 비율을 대폭 확대하는 방향으로 계약이 조정되었다. 특히 A/E에 있어서는 참여 인원도 대폭 늘어났으며 참여방식도 Bachtel이 주도하되 요소요소에 KNE 직원이 들어가 프로젝트 중요간부의 일부를 부(副)라는 꼬리표를 달고 들어가게 했다. 이렇게 설계기술의 능력이 붙고 성과가 좋아지자 한국전력에서는 1981년 독자적인 출자를 결정하고 연구소와 KNE 지분을 제외한 AHEMS 주식을 매입한 후 증자를 통하여 한국전력의 자회사로 만들어 회사 이름도 한국전력기술(주) 즉 KOPEC(Korea Power Engineering C.o)로 바꾸었다. (1982. 7. 6.)

國總會 회장단 및 이사진 일동(1993. 2.)

서울의 봄이 왔지만

나는 박정희 대통령 서거 후 소위 '서울의 봄'이 다가왔을 때 정계
에 진출할 생각을 가지고 있었다. 1979년 나이 48세의 좋은 나이였
다. 과기처장관, 한국전력사장, 연구소 소장 등에 이 뜻을 전하고
사의를 표했다. 나와 김영삼 대통령의 상도동과의 관계는 자연스럽
게 이루어진다.

경남중 2년 선배인 YS(3회), 1회 선배 김택수(金澤壽, 체육행정

가, 제6·7·10대 국회의원을 지낸 정치인)가 이끄는 경남중 축구팀에서 센터포워드를 맡아 그 단단한 체력으로 종횡무진 잘도 뛰는 YS 선배를 눈여겨보았다. 그런가 하면 YS 사촌 동생 김영호(5회)가 나와 동기이고 2학년 때 짝꿍이어서 YS 주변의 일은 가끔 접하고 있었다.

10.26 이후 대권을 향한 각 진영의 행보는 분주했다. 우리에게 비친 가능성은 JP가 50%, YS 30%, DJ가 20% 정도 세력으로 보았다. JP를 중심으로 한 공화당 창당 시절에 전국의 쓸 만한 인재를 가려 내는 리스트에 올라갔지만, 그때에는 아무런 관심이 없었고, YS 쪽으로 기운 이유는 그 지긋지긋한 연좌제에서 해방되는 일이었다.

나는 부관학교 군사영어 반에서 일들을 함으로써 동기생 중 유일하게 서울 소재 연합참모본부에 배치되었고, 거기에서 유능한 선배 장교들을 만나게 되었다. 79호 실장 이후락 준장, 나의 상관인 서국신 대령과 친분이 각별했다. 그리고 청와대 경호실장이 된 박종규 당시 소령, 청와대 총무 인사를 맡았던 나병직 대위, 우리 국군 군번 3번인 유재흥 장군을 모시기도 했다.

이분들이 청와대에 있을 때 나는 그쪽으로 가고 싶다는 의사표시를 몇 차례 했고, 이력서도 보냈는데 돌아온 답변은 '그대로 그 자리에 있어라'라는 것이었다. 총리실에 근무 중이었는데 '정 총리 진영으로부터 사람을 빼 온다'는 인상이 모양새가 좋지 않다는 이유에서였다.

그 후 얼마 있다가 홍종철(洪鍾哲, 문화공보부 장관·문교부 장관) 씨가 사정으로 부임하면서 자기 밑에 일급보좌관이 필요하게 되어 내가 추천되었으나 발령이 곤란하다는 답변이 왔다. 그 해묵은 신원상의 사상논쟁이 발목을 잡은 것이다.

나의 군대 생활까지 합친 20여 년의 커리어로 봐서 아버님의 예전 소장 정당인 공화당으로 가는 것이 마땅하지만 자꾸 YS 쪽으로 마음이 기우는 것은 어쩔 수 없었다. 상도동은 민주화 과정에서 많은 투사들이 필요했고 소위 '테크노 크랫'이나 행정가들이 주변에 별로 없었다. 이제 정치가로서의 첫발을 떼었다.

미국 조야의 적극적인 지지에 대한 감사의 인사편지를 YS 명의로 작성해서 영미 출신 교수, 때로는 친근했던 선교사에게 감수를 받아 상도동에 보내는 일을 했다. 한글 초안은 김덕룡, 박권흠, 제씨의 것으로 알고 있다. 1979년 11월 말쯤 이제 상도동 Camp에 합류하는 것이 좋겠다는 연락이 왔다. 손세일 씨는 언론 특보로 그리고 나를 행정 관계 특보로 발령을 낸다는 내용이 전해 왔다. 나는 신분

정리를 하기 위해 시간이 필요하니 2주간만 말미를 달라고 했다. 손세일(孫世一, 언론인, 제11·14·15대 국회의원) 씨는 그다음 월요일 조간에 특보발령이 났다. 나는 평소 맹장 쪽에 만성통증이 있어 이참에 아예 맹장 수술을 하고 회복 후에 합류해도 늦지 않을 것 같았다. 정식으로 사표를 제출하고 주변 정리를 한 다음 원자력병원에서 입원 수술을 받았다. 병원에서 이틀간의 회복 시간을 가진 다음 집에 돌아와 요양을 하는데 소위 12.12 사태가 터지고 말았다. 청천벽력이었다.

정국이 일시에 얼어붙고 소용돌이 속에서 숨을 죽이고 있었다. 곧이어 YS는 가택연금, DJ는 반국가괴수로 연행되어 군법회의에 회부되었다. 이제 나에게 정치의 길은 없었던 걸로 되어버렸다. 이렇게 해서 또 한 번의 좌절을 겪어야 했다.

끝으로 둘째 동생 경자(京子, 1940. 12. 22. 생) 이야기를 한다. 경자는 한국꽃예술작가협회 이사장으로서 꽃꽂이와 꽃장식의 최고 전문가였고, 무슨 일을 하든지 열심이었다. 79세 나이에 판소리를 배운다는 소식을 들었다. 그런데 노래하다 보면 자꾸만 목에서 피가 나온다고 했다. 처음에는 대수롭지 않게 여겼다. 어느 날 대학병원 진단에서 폐암 판정을 받았다. '마른하늘에 날벼락'과 같았다.

의기소침해진 동생을 위해 뭔가를 해 주고 싶었다. 암의 특효약 치료를 위해 거금이 필요한 시점이었다. 진규(秦圭, 1929. 8. 18. 생) 형님께 말씀드려 치료비에 보탬이 되도록 가족이 힘을 모으기로 했다. 그래서 진규 형님이 500만 원, 첫째 동생 영자(英子, 1935. 7. 21. 생)가 500만 원 그리고 내가 1,000만 원을 마련했다. 추가 1,000만 원을 더 모금하기 위해 자식들에게 고모의 상황을 어떻게 설명해야 할지 살짝 고민이 되었다. 뜻밖에도 미국에서 부동산 비즈니스를 하는 큰아들 성한이가 500만 원, 효성(남편 안과의사), 석란화원 대표 성미(남편 증권업계) 두 딸이 합해서 500만 원을 선뜻 내줬다. 총 4,000만 원을 경자에게 전달할 때 가족의 진한 정을 느꼈다. 사실 고모는 한 단계 먼 가족임에도 자식들이 기꺼이 동참한 것이 기특하고 감사하다. 우리가 이 세상에 태어나 경험하는 가장 멋진 일인 가족의 사랑을 느꼈다.

성경 잠언 말씀에 "마른 빵 한 조각을 먹으며 화목하게 지내는 것이, 진수성찬을 가득히 차린 집에서 다투며 사는 것보다 낫다."

눈물로 걷는 인생의 길목에서 가장 오래, 가장 멀리까지 배웅해 주는 사람은 바로 우리의 가족이다. 가족들의 기도와 물질적 도움으로 경자 동생은 건강이 회복됐다.

3. 진원, 모든 지혜와 행동의 원천은 감사하는 우물로부터

보잘것없고 어리석은 소견과 볼품없는 경험의 이야기를 보여 드리는 것이 다소 부끄럽다. 그러나 우리가 더 발전하고 아름다운 비전을 바라보자는 진솔한 마음에서 주섬주섬 모아서 적어 보았다. 내용이 중언부언하고 혼란스러울 수 있지만, 본인의 신앙 모토에 맞게 썼다.

본인의 4가지 신앙 기준은 첫째, 때를 기다리며 준비하는 것이다. 둘째, 하나님은 필요한 사람을 선택하실 때 작은 자 중에서 정하신다는 믿음이다. 셋째, Turning Point(중요시점)에서는 사선(死線)을 뛰어넘는다. 마지막 넷째는 담력으로 세상을 이겨야 한다.

태어날 시기의 한국 실정

본인이 태어난 1948년은 몰랑몰 마을의 우리 대집안에서도 진숙,

진문, 계한, 문숙(현주, 선주, 희주분들의 손자 또는 자녀분)들이 태어나 경사의 해였다. 몇 해 전인 1945년 8월 15일은 우리 민족이 일제 식민지 시대에서 벗어나 광복을 맞이한 뜻깊은 해다.

연합국의 승리와 우리 민족의 줄기찬 독립운동의 결과였다. 그러나 1945년 2월 알타회담 연합국 측 회의에서 소련군이 대일참전으로서 한반도 38선이 미소 신탁통치로 분단되었다. 광복 이후 조선준비위원회를 발족시켰으나, 미국 진주 이후 한국민주당(이승만 박사)을 중심으로 대한민국 안에서 임시정부 김규식, 김구 그룹과 이승만의 한국민주당 등이 어울려 대립하면서 극심한 사회 혼란을 가져왔다.

새로 태어난 초대 국회는 우리나라가 빨리 민주국가의 기틀을 세우기 위해 친일파 청산과 농지개혁(3정보까지 개인 소유상한과 유상매입, 유상분배원칙)을 진행하였다. 그러나 불행한 사건이 터지기 시작했다. 제주 4.3 사건, 여수·순천 10.19 사건으로 좌익세력들의 투쟁과 이에 대한 토벌과 진압으로 인하여 많은 시민과 주민들이 희생당해야만 했다.

설상가상으로 미국 국무장관 애치슨은 한반도를 애치슨 라인(아시아 방위선)에서 불포함시킴으로써 대한민국 안에서는 더욱이 공산주의자들의 사회 혼란 기도가 계속되고, 이를 소탕하기 위한 작전과 친일파 처벌 미흡, 경제난 가속 등으로 혼란의 시기였다. 이에 북한은 한국 공산화를 위해 소련의 무력지원에 힘입어 남침 준비를 하면서 민족 최대 비극인 6.25 전쟁이 북한의 기습남침으로 시작되었다.

우리나라의 급변하는 소용돌이 속에서도 나는 진상 몰랑몰에서 태어나 교회(광양 제일교회)를 다니면서 진상중학교, 순천 기독교 학교 매산학교를 다녔다. 본인이 태어날 때 본인의 부친(김옥주)은 초대 국회의원을 무소속으로 광양에서 선출되었으며 이듬해 국회 프락치 사건으로 감옥에 투옥되었다. 6.25 사변 시 이북으로 월북했다는 막연한 사실로 아버지는 안 계시고 어머니와 두 형님(진우, 진)과 함께 살고 있었다.

진상 몰랑몰 교회에 전하는 말에 의하면 고 양일만 장로, 고 김형모 교장분들이 어렸을 시 불장난하여 초가집 교회를 불살라 버렸다고 한다. 그래서 박정식 목사 부친과 이청실 장로 큰아버지께서 미국 선교사에게 간절히 간청하여서 순천 매산학교 건설 시에 마침 중국 기술자들이 왔을 때 이들을 이용하여 1933년에 진상교회를 석

조건축물로 신축하게 되었다.

우리 부친과 모친이 결혼 직후 교회 근처를 지나가다가 찬송가를 듣고서 모친께서 "저 찬송 소리가 좋습니다." 부친은 "그러면 우리 교회 한번 가 봅시다" 하면서 다니게 되었다. 교회에서는 몰랑몰 김씨 식구들을 전도하고 싶었던 터라 반갑게 맞이하였다. 그해가 1937년경이다. 그 후 모친이 홀로 계시면서 부친의 국회 프락치 사건의 탄압과 고초를 당할 때 교회 목사(정규오)와 교우(이 장로) 모두 뭉쳐서 탄원하여서 감옥(광양경찰서)에서 무고로 출옥하게 되었다.

모친(송명순)은 심한 토질병과 심장병으로 수십 년 고생하고 있었다. 조금만 과로하거나 화를 내면 입에서 엄청난 피를 토했다. 당시 약은 우리 형제들이 순간적으로 오줌을 빨리 만들어 오줌을 드시게 하는 것뿐이었다. 아마 아버지의 공산당이라는 국가와 사회에서의 압력과 박해에 의해 도저히 감당할 수 없는 심신의 쇠락이 아닌가 생각된다.

내 초등학교 시절에는 심장병으로 고생하다가 급기야 경남 하동 병원 응급실로 실려 가 오랫동안 병원 신세를 져야만 했다. 그때 모친은 "하나님, 우리 진원이를 중학교 입학할 때까지 저의 생명을 연장시켜 주십시오."라는 간절한 간구 외에는 딱히 없었다. 이러한 가물거리는 촛불 앞에 본인은 초등학교 2학년 때 엄청난 화상을 당하게 된다. 4년간 집에서 한쪽 다리 전체가 심한 화상으로 누워서 치료를 받았다. 하나뿐인 아들인 본인이 다리병신이 되게 되었으니 어머니가 볼 때 한이 맺히고 동네에서 차마 위로의 말을 드릴 수 없을 정도였다.

고등학교는 순천고에 우수한 성적으로 합격했으나 마침 김형모 매산 교장께서 진상 몰랑몰 고향에 왔을 때 어머니에게 "예수 믿는 학교로 보내기를 바랍니다."라는 권유로 입학식도 없이 바로 매산 학교에 다니게 된다. 그때는 순천고가 월등히 우수학교였으나 모친이 추천하고 큰형(진우)께서도 매산 학교를 졸업하였기에 쾌히 승낙하셨다. 매산 학교 시절은 기숙사 생활이었다. 주말이면 지장으로 내려와 어머니를 뵙는 것이 낙이었다. 어머니는 매일 새벽기도로 교회에 가시는데 혼자 가기가 무서웠는지 아니면 외로웠는지 나를 깨우고 나도 항상 새벽기도를 위해 교회에 갔다.

나에게 가장 혹독하고 힘든 시련의 시기가 다가왔다. 바로 대학 입학이다. 우리 진상에는 규주 삼촌이 계셨는데 나에게는 아버지와 같은 위치였으며 초등학교 시절부터 호되게 채찍질하셨다. 저만 보면 "죽일 놈, 살릴 놈! 공부하라. 이놈아"라고 고함을 치셔서 완전히 노이로제가 걸릴 지경이었다. 동네 밖으로 나타나지 못할 정도였다. 고등학교를 순천으로 오니까 살 것 같았다. 얼마나 야단쳤으면 이렇게 하였을까? 규주 삼촌과 모친은 아버지의 공산당 연좌제가 존재하므로 무조건 공과대학으로 전공을 정하라고 하셨다. 그래서 건축과로 정하고 매산의 친구들과 함께 첫해(1966년)에는 연세대 건축과에 시험 봤는데 모두 낙방하게 되었다. 그때부터 365일을 기다리며 입학공부를 하여야 했는데 서울에서 숙박할 처지가 도저히 안 됐다. 그때 모친이 선주 백부님(당시 국회의원 시절)께 간절히 "우리 아들 하나 있는데 대학을 보내고자 하오니 공부할 숙소가 없으니 무료로 일 년간 지낼 수 있도록 해 주십시오."라고 간절히 소청하니 큰댁에서 불쌍히 여겨 승낙하였다. 만일 숙박 허가가 없었다면 절대로 대학에 갈 수 없었다. 그런데 시골 촌놈이 연세대학교가 어디 만만한 학교가 아닌데, 연세대에도 들어가지 못한 주제에 서울대 공과대학에 목표를 두고 공부하고 있었으니 나의 주변의 모든 분은 나에게 말은 하지 않았지만 "너 자신을 알았으면…" 같았다.

그러나 무식한 자가 용감하다는 격언과 같이 한 등급 낮은 공업교육과에 지망했지만 두 번째 낙방하게 된다. 너무나 부끄러워 시골 집으로 낙향하게 되었다. 군대도 가야겠으며 눈앞이 깜깜해졌다. 3개월쯤 지나고서야 정신이 들었다.

"그렇다. 큰아버님께 가서 공부할 수 있도록 또 간청하자! 만일 이제는 어렵다고 하더라도 국회의원 큰댁에서 죽게 되더라도 나의 모든 자존심과 인격은 모두 던져 버리자."라며 어머니의 간절한 서신 1통과 시골의 농산물을 가지고 종로구 삼청동 댁의 문을 두드렸다. 이게 웬일인가? 큰어머니께서 "대학에 낙방했어도 다시 한 번 더 노력해야지! 왜 안 올라왔어. 어서 공부나 열심히 해라." 상상 밖이었다. 큰아버지, 큰어머니, 진문, 진철, 소자 누님 그리고 걸음을 잘 걷지 못하시는 할머니 모든 분들이 처절하고 불쌍한 나에게 힘을 돋아 주고 격려해 주셨다.

눈칫밥을 먹을 것이라 단정했던 것과 반대로 더욱 격려의 말과 대접을 받은 것이다. 지금 70이 넘은 나이이지만 50년 전의 따뜻하고 아름다운 격려는 지금까지 생생하게 나의 머릿속에 박혀 있을 뿐만 아니라 그분들을 기억할 때마다 눈물이 나온다. 앞으로 나도 이웃과 사회에 사랑과 봉사를 베풀어야 한다는 마음을 먹고 있지만, 실천이 잘 안 되는 것이 아쉽다.

3번째의 대학입학 도전에 더욱 자신을 매진하게 된다. 죽으면 죽으리라는 살신성인의 정신으로 영·수·국·물리·화학 5개 과목의 서적을 외우는 것에서 씹어 먹을 정도로 수십 번 탐독했다. 예를 들면 『수학의 완성』책을 80번 정도 쭉 읽으니까 페이지까지 모두 외우다시피 되었다. 이번 3번째 도전으로 소원하던 건축과에 맞추어 매진했다. 잠(6시간), 식사(3시간), 교통(2시간)을 제외한 13시간은 오로지 공부에 집중했다. 방에서는 물론 화장실 벽에도 일 주간 공부했던 연습지를 붙여 놓고 대변 보는 중에서도 복습을 하였다. 방에는 모두 4면이 도배하여 자거나 놀거나 공부하면서도 100회 이상 통달한 서적이 10권 이상이었다. 1967년 봄 군대 영장 통지서가 배달되었다.

동네 이장께 부탁드려 연락이 안 된다고 덮어 놓고 대학 입학만 하면 군대 입영하겠다고 결심했다. 지금 돌이켜 생각해 보면 똑똑하거나 영리하지도 않았지만 오로지 공부에 전력을 다한 결과이며, 하나님께서도 귀찮게 생각하여 합격시켰을 것이라고 생각된다.

서울대학교와 서울대학원을 수료한 후 건설회사(삼환기업)에 입사하여 20여 년간 해외 공사의 수주, 시공 분야를 맡으면서 근무했다. 입사 당시 해외건축실로 발령받아 해외 공사를 계속 계약시키고 수백 명, 수천 명이 중동의 열사 나라로 파송되었지만 유독 나는 신원조회가 불합격되어 한국에만 남게 되었다.

1978년 10월 어느 날 근무 중에 나에게 이상한 전화가 걸려 왔다. "여기는 치안국인데, 종로 3가 ○○로 ○시 오시오. 절대로 부인이나 회사에게도 알리지 마세요." 다음 날 찾아갔다. 내부 실내에는 서너 개쯤 되는 엄청나게 넓은 큰 방에 점잖은 양반이 기다리고 있었다.

"자네가 신원조회에 승인이 불허되는 이유는 자네 부친이 이북에 계시므로 해외에 나가면 필경 북한 공작원이 접촉할 것이다. 이에 보호 차원에서 한 것이네."

"그러면 저는 지금 결혼하고 애기도 있습니다. 미국은 북한대사관이 있어서 접촉할 가능성이 있다고 하지만, 중동 사우디에는 북한대사관이 없는데 왜 안 보내 주십니까?" 그러자 "아무튼 꼭 가고 싶으면 지금 내 명령을 따르게. 사우디 밑에 있는 예멘국가에서 근무를 하게. 거기서 북한대사관이 있는데 거기 가서 접촉하여 매월 보고를 내게로 보내게. 우리 정보부 정보 역할을 해 주면 내가 특별히 고려하겠네."

"저는 그렇게는 못 하겠습니다. 아버님 때문에 공과대학으로 입학했고, 지금까지 정치적 모임이나 학생 데모 등을 삼가라고 모친께서는 눈물 흘리시며 간곡하게 말씀하셨습니다. 이제 와서 정치적 행동이나 정보 첩자 역할을 제안하시는데 해외에 안 가면 안 가지 못 하겠습니다. 그러나 선생님 저는 건축가로서 해외 공사를 위해 신원조회 신청을 앞으로 계속할 것입니다. 화를 내시지 마시고 헤아려 주십시오."라고 인사드리고 나왔다.

약 5개월쯤 지나자 6번째 신원조회를 또다시 신청했다. 이번에는 완전히 통과되었다. 지금 생각하면 나의 사고방식과 굳건한 의지를 갖고 있으므로 해외에 나갔을 때 어떠한 공작접촉이 있더라도 흔들리지 않고 지킬 것이라고 그분이 나를 판단한 것이라 본다. 이때부터 20년간 열사의 땅 사우디아라비아, 예멘, 요르단, 이집트를 비롯하여 동토의 땅 알래스카, 페테르부르크, 모스크바 그리고 밀림의 숲 인도네시아, 괌 등의 지역을 나의 소원대로 마음껏 그야말로 기분이 좋게 다니고, 또 다니면서 회사의 해외 공사를 재미있고 신명나게 일했다.(집사람은 치과의사로 서울에서 혼자 개업하여 서울에 남게 하고 혼자 단신으로 돌아다닌 점이 미안할 뿐이다)

삼환기업에서는 추억이 많다. 중동 사우디 항구 도시, 제다 바닷가에서 수영과 홍해 바닷속 산호초 구경, 사우디 수도 리야드 현장 숙소에서 밤늦도록 마작 게임을 하던 일, 사우디 동부 다만, 북부

지역 타북, 서쪽 YANBU, JIDDAH 등 남부의 KHAMIS, TAIF 등 동네 구석에 건설공사와 흙먼지와 건설자재 구입을 위해 동분서주한 일을 생각하면 중동지역의 6월부터 10월까지 5개월의 혹서기 40도 ~45도 엄청난 살인 더위에서도 즐거운 미소가 생긴다. 북반부 러시아는 소비에트 연방이 공산체제로부터 붕괴되기 시작할 때, 건설시장을 찾아보기 위해 모스크바, 러시아 제2의 도시 상트페테르부르크를 찾아간 기억이 그립다.

상트페테르부르크 도시는 북극해와 슬라방 강어귀에 위치한 1700년 피터 대제가 세운 신도시로서 도메니코 트라제니 건축가에 의해 약 200년간 공사를 한 아름다운 도시다. 아이삭 대성당, 겨울궁전, 여름궁전, 에르미타시 박물관, 제국빌딩, 트리니티 교량, 마르스 광장, 피터 로즈의 궁전 등이 있다. 이것들이 많은 개보수 공사가 필요해서 한국의 건설회사에 의뢰하여 우리가 시청을 방문하게 된 것이다. 그러나 시의 재정이 넉넉하지 못하여 부득이 열매를 맺지 못하였다.

혹한기로 유명한 곳은 알래스카 지역이다. 이 지역의 11월~2월까지는 약 30℃ 이하가 되는 곳이다. 삼환기업에서 교도소 신축공사를 하여 손해를 보기도 했다. 그래서 회사는 어떻게든지 계속 공사

를 하여 손해를 만회하도록 다른 지역에 입찰했지만 실패했다. 이

모든 힘든 고난의 역경일지라도 아름다운 기억으로 남아 있다.

진일건설 대표/중랑구 상공회 수석부회장

돈에 대한 철학

나의 인생은 나름대로 평탄하고 유복하게 살았다고 자처한다. 유명 정치인, 성직자, 지식인도 정직하지 못해 돈의 유혹에 넘어져서 그동안 쌓아 올린 명예와 인품을 망가뜨리는 경우가 많다. 성경에서 가장 많이 나온 단어는 '사랑'이다. 사회생활 하면서 돈의 유혹에서 벗어나고 모든 것을 사랑한다는 것은 어렵다. 그러나 신이 주신 각별한 보살핌과 은혜로서 이런 유혹을 벗어나도록 기도에 힘써야 한다.

재물에 대한 욕심의 세 가지 사건이 기억난다. 첫 번째 사건은 '고급 러닝셔츠 사건'이다. 큰아버지 집에서 숙식하며 공부할 때 일이다. 아침에 도시락 두 개를 가사 도우미가 싸 주면 저녁때쯤 집으로 돌아와 저녁을 먹고 다시 독서실로 가서 공부하고 자정쯤 집으로 돌아와 새벽 3시경까지 공부하는 생활의 반복이었다. 그런데 방을 같이 쓰는 진문 형이 아끼는 고급 러닝셔츠가 옷장 속에 보관되어 있었다. 그것이 어찌나 입고 싶었는지. 마침 여름방학이 되어 고향 진상에 내려갈 때가 되었다. 눈앞에 어른거리는 러닝셔츠를 짐 가방에 넣었다, 뺐다 하는 생각으로 전날 밤을 뜬눈으로 새웠다. '아니다. 이래선 안 된다.' 하면서 장롱 속에 그대로 놔두었다. 한참 지난 후에 진문 형에게 이러한 사실을 얘기했더니 "그렇게 좋았으면 그냥 가져가지 그랬어"라고 웃으면서 얘기했다.

두 번째는 순금 두꺼비 사건이다. 삼환기업에서 건축기사로 일할 때였다. 1978년경 사우디아라비아 민병대(국방부)의 훈련시설(외분 목조 진지막 건설) 설치를 위하여 건조와 살균된 목재를 한국에서 수출하게 되었다. 본인이 책임을 맡아 부산에 있는 회사로 약 3억 원의 많은 목재를 수출하였는데 사우디에 도착 후 통관 과정에서 검사관으로부터 목재의 살균 인입 상태가 불합격되어 반품을 받게 되었다. 삼환기업에서도 문제가 되었지만, 부산의 목재회사에서는 더 큰 문제가 되었다.

본인도 그 전에 검수차 부산에 갔을 때 난생처음 대형 술집에서 그 회사 전무와 함께 즐비한 아가씨들을 임의로 선택하여 술대접을 받았고, 최고급 호텔과 고급식사로 최고급 대접을 받았기에 양심의 가책을 느꼈다. 그래서 본인이 국립임업시험장에 사우디에서 반품된 목재 샘플 4개를 재차 검수한 합격한 살균 테스트 서류를 택하여 사우디 민병대(국방부)에 보냈는데 통과되어 무난히 수출할 수 있게 되었다.

그리고 그 사건이 종결되고 그 일에 대해 잊어버렸다. 그런데 얼마 뒤 김 전무가 회사로 와서 지하다방에서 만나게 되었는데 감사의 선물을 주어 받았다. 매우 무거움을 느껴 혼자 조용히 화장실에서 풀어 보니 난생 처음 보는 무척 큰 순금 두꺼비였다. 온종일 가슴이 두근거렸다.

'이것을 받아야 하는가 아니면 받지 말아야 하는가' 하고 고민을 하던 중 건축본부장께서 근무시간이 끝난 후에도 사무실에 계셔서 "전무님, 보고 드릴 말씀이 있습니다. 다름 아니라 김 전무님이 저에게 순금 두꺼비를 감사의 선물로 주셨습니다."라고 말씀드렸더니 본부장이 한참 쳐다보다가 "나도 받았다. 모두 돌려보내라" 하셔서 "만일 안 받으면 어떻게 할까요?" "그러면 몽블랑 만년필 10개를 대신 가지고 오라고 하시오"라고 하셔서 순금 두꺼비 두 박스를 돌려보내고 대신 만년필 10개를 받아 본부장이 각 건축현장의 소장들에게 전달했다. 그러면서 "이 만년필이 어떻게 왔으며 무슨 이유인지 묻지도 말고 서로 이야기도 하지 말라"고 소장들에게 일렀다. 집에 와서 모친과 집사람에게 그 일에 대해 이야기를 하니 모친께서 "그렇게 좋은 것을 왜 돌려보냈는가? 한번 만져 보았으면 무척 좋겠는데" 하시며 매우 서운해하셨다.

그 뒤로 그 일에 대한 것은 까맣게 잊어버리고 회사 일에 전념하고 있었다. 15일쯤 지나서 다시 부산 목재회사의 김 전무로부터 회사 지하다방에 와 있다는 연락이 와서 만나게 되었다. 김 전무께서 "김 대리, 나와 우리 회사로는 매우 고마웠네. 불합격되면 큰 문제가 되었을 일인데 이렇게 잘 처리해 주어서 고맙네. 지난 만년필은 일차 선물이고 순금 두꺼비는 원래 자네를 위해 특별히 구입한 것이니 우리 회사의 성의라 생각하고 꼭 받아 주게나"라고 말했다. 이것은 나에게 정말 고민되는 순간이었다. 모친께서 섭섭해하셨던 모습이 아른거렸고, '그래, 내가 노력해 문제를 해결해 준 것이고 나를 위한 선물이라고 하니 받아야지' 하면서도 '아니야, 떳떳한 것이 아니지, 내 양심상 있을 수 없는 일이지'라고 내 마음속의 결정을 재확인하면서 김 전무에게 "전무님, 감사의 선물은 부산에서 대접받은 것과 몽블랑 만년필로 다 받은 것입니다. 그 이상 큰 선물은 나에게 해당하지 않습니다. 저는 이만 사무실로 올라가겠습니다"라고 선물인 순금 두꺼비를 뿌리치고 되돌아왔다. 이런 찰나의 순간에도 '나의 양심에 합리성과 이성을 갖게 하소서'라고 기도하며 결정했다. (물론 그 뒤의 이야기는 지금까지 모친과 집사람에게 말하지 않았다)

세 번째는 이모님으로부터 받은 용돈 사건이다. 나는 초등학교 시절 방학이 시작되자 다음 날 이십 리 길이 되는 이모님 댁에 쏜살

같이 달려갔다. 이모님은 매우 친절하시고 또한 아들이 양훈(부산 공무원으로 동장이며 교회 장로), 창훈(서울 법대 졸업, 사법고시 패스 후 변호사)와 재미있게 어울려 지낼 수 있었을 뿐만 아니라 이 숙님은 이웃 초등학교 교감 선생님이었기에 우리 집에 비해 경제적으로 비교가 안 될 만큼 윤택했었다.

5학년 여름방학이 시작되자 항상 그랬듯이 그다음 날 바로 이모 댁으로 달려갔다. "그래, 왔구나. 그런데 양훈이랑 창훈이가 큰집에 가서 너 혼자 지내야겠구나"라고 말하셨다. 하지만 나의 가장 큰 목적은 이모님으로부터 받을 용돈이었다. 이 용돈으로 방학기간 동안 재미있게 지낼 수 있기 때문이다. 모친으로부터는 거의 용돈을 받지 못했다.

항상 같이 놀던 양훈이와 창훈이가 없어 심심하던 차라 이모님께 집으로 돌아가겠다고 인사를 드렸다. "그래라. 다음에 꼭 놀러 오너라"라고 말씀하시고는 용돈을 주시지 않았다. 그래서 대문을 나오기 전 부엌에 계시는 이모님께 다시 가서 인사를 했다. "저 집으로 돌아가겠습니다. 안녕히 계세요." "그래, 잘 가거라." 이모님은 인사만 받으시고 용돈 이야기는 하지 않으셨다. 용돈이 없으면 방학 때 재미있게 지낼 수 없었으므로 대문을 나와 동네를 벗어나면서 '큰

일 났다. 안 주시는데 어떻게 하지'라고 생각했다. '아니다, 다시 말
씀드리자'라고 생각하면서 대문으로 들어가서 빨래를 널고 계시는
이모님께 고개를 조아리며 눈도 마주치지 못하고 "이모님, 저 진짜
집으로 돌아가겠습니다."라고 모깃소리만큼 작은 소리로 자신 없게
말씀드렸다.

그러자 이모님께서는 "그래, 아 참! 용돈 주는 것을 잊어버렸구나.
가만히 있거라" 하시며 용돈을 주셨다. 용돈을 받은 나는 휘파람을
불며 대문을 나왔다. 20리나 되는 먼 길을 걸어 집으로 오면서 얼마
나 신나고 발걸음이 가벼운지 기쁨이 넘쳤다.

신은 리더가 되길 바라지 않고 따라만(Follow me) 가면 된다

순천 매산학교에서 어떻게 서울대 공대를 들어가겠는가? 본인이
기어이 입학시험을 보겠다고 하니 학교 담임도 만류하지 못하고 시
험 응시서에 승인을 했다. 친구들도 기가 찼을 것이다. 반에서 10등
내외 드는 주제에 1~3등도 감히 서울대 원서 쓰기가 두려워서 넣지
못하는 상황이었다. 그러나 나로서는 시골에서 서울대에 입학한 것
은 커다란 위험을 감수한 결과라고 본다.

평범했던 나는 학창 시절 총명하거나, 수재 소리를 듣지 못했다. 몸도 허약했고, 초등학교 2학년 때 엄청난 화상을 당했다. 논두렁에 붙은 불이 두꺼운 바지로 옮겨 붙어 오른쪽 다리 전체에 심한 화상까지 입었다. 이때에는 피와 살점이 뭉텅뭉텅 떨어지고 피가 응고가 되지 않아 다리를 못 쓰게 될지도 모르는 심각한 상황이었다. 그후 3년간 완전히 안방에서 누워 지냈으며 초등학교 교육은 집에서 수업을 받아야만 했다.

중학교 시절에는 가을만 시작되면 어김없이 기침, 감기가 몸에 들어왔다. 축농증, 폐결핵으로 솔직히 사람 구실은 못할 정도였다. 회사 시절에는 B형 감염과 만성위염을 달고 살았다.

가장 큰 위험은 도전 없이 사는 삶이다

나의 부친은 2살 때 6. 25 사변 시 이북으로 올라가셨다. 젊은 부인 모친과 형님 두 분 모두 진상(광양)에서 농사로 겨우 먹고 지나는 평범한 가정이었다. 그러나 서울대학교 문턱은 불가능한 것이 아니라, 두드리면 열린다. 나의 자랑을 하기 위함이 아니다. "도전하는 사람에게 불가능이란 없다."라는 속담이 있다. 사상가 더그 랄스는

"세상의 위대한 업적 중에서 일부는 불가능하다는 것을 모르는 똑똑하지 못한 사람들이 달성한 것이다."라고 했다.

철학자 드니 디드로는 "마음을 위대한 일로 이끄는 것은 오직 열정, 위대한 열정뿐이다."라고 말했다.

미국에서 가장 존경받고 영향력 있는 여성 방송인 오프라 윈프리의 말이다. "여러분이 할 수 있는 가장 큰 모험은 바로 여러분이 꿈꿔 오던 삶을 사는 것입니다."

그렇다. 불가능한 일은 없고, 세상일은 순간에 이루어지지도 않는다. 지금 비록 어렵더라도 포기하지 않고 계속하면 무슨 일이든지 이루어질 것이다. 포기하지 않는 끈기와 용기, 담력과 그리고 신앙을 갖출 때 하늘도 응답해 주신다. 분명한 목표의 도전과 바른 기도의 습관이 하늘 보좌를 움직인다.

성공은 스스로 획득하거나 기도만 하고 기다린다고 이뤄지지 않는다

우리 인생은 태어나서 성장하고, 그리고 머리털이 하얀색으로 변하면서 하늘나라로 가는 소천의 마감이다. 더 나아가 지구상의 위대한 국가나 거대한 조직일지라도 유구한 역사 속에서 자기 개체의 수명을 갖고 태어난다고 본다. 내가 건축 역사를 살펴보니 다음의 사실을 발견했다.

동양의 국가들이 흥망성쇠 과정에서 모두 기간이 다르더라도 성숙하며 완전한 국가인 경우 수명이 대략 280~290년이다. 중국의 당(289년), 송(274년), 명(276년), 청(284년)이다. 이 기간 중 건축물 건설과 경제발전 융성기는 전반기 1/3 기간이 90년 기간에만 발생함을 알았다. 그 뒤의 200년 동안은 현상 유지와 국가 명맥 관리에 급급했다.

우리나라 신라 1,000년, 고려 500년, 조선 500년이라고 하지만 실제로 국가다운 통치 기간은 통일신라(282년), 고려 몽고항쟁(323년), 조선 병자호란(244년)이 실질적 기간이라고 생각된다. 국가에 신진개혁 세력이 움직이지 않으면 국가는 멸망하지는 않지만, 대신할 신세력에 없어 암흑시대로 바뀌는 것이다. 고려와 조선시대의 사찰과 궁궐건축의 건설 시기는 앞서 말씀드린 바 초기시대 90년 시대에 모두 이루어졌다.

난데없이 국가 연도와 건설 시기가 불쑥 나오는 이유는 국가라는 조직체도 숨을 쉬고 있는 인간과 마찬가지로 우리와 같이 삶과 죽음의 틀 속에 있다는 이야기다.

김진원 저서(금란문화사)

유기체인 인간이나 국가라는 조직의 개체나 더 나아가서 숨도 쉬지 않는 지구, 태양, 모든 별조차도 탄생과 성장과 죽음이 있다. 이처럼 우주의 오묘한 진리 속에서 우리의 자아와 존재는 무엇인가?

미국의 우주탐사선 보이저 1호가 1990년 태양계를 벗어나기 직전 명왕성 근처에서 카메라를 지구로 돌려 찍은 사진을 보냈다. 이때 물리학자인 칼 세이건은 '창백한 푸른 점'이라는 표현을 썼다. '창백한 푸른 점'은 광활한 우주 속에서 아주 멀리 파랗게 빛나는 지구 모습을 묘사한 것이다. 그렇다면 우리는 바닷가의 하나의 모래알밖에 안 되는 존재가 아닌가?

우리 형제, 동생, 자식 그리고 아래 분들이 복의 3요소를 받고 실행했으면 한다.

첫째, 항상 기뻐하는 마음의 그릇을 만드십시오. 그릇 속에 겸손한 자아를 담으세요. 그러면 봉사와 열매, 예물의 제사를 드릴 수 있습니다.

둘째, 기도하는 습관을 가지십시오. 그러면 바르게 구할 수 있는 영안이 열립니다. 가치 있는 목표와 지혜로운 구상과 행동하는 실천이 이루어집니다.

셋째, 감사하는 생활입니다. 인간은 때와 장소를 잘 얻어야 됩니다. 그런데 좋은 때와 축복의 장소는 신으로부터 어떠한 과정을 거치든지 자연스럽게 얻게 됩니다. 왜냐고요? 모든 지혜와 행동의 원천이 감사하는 우물에서 흘러나오기 때문입니다.

이제 결론을 맺고자 한다.

신은 영원하시고 위대하다. 우리는 신으로부터 탄생하여 인생을 영위하고 있다. 자랑할 것도, 보여 줄 것도 없는 인간이지만 항상 기뻐하고 노력하고 개인의 명품을 유지하면서 가정과 사회와 신(GOD)에게 우리의 아름다운 흔적과 발자취를 남겼으면 한다. 이 세상 수명이 다하여 천국에 올라갔을 때, 하나님이 기뻐하며 웃으시면서 "너의 여정이 참 아름답구나"라는 칭찬받을 만큼 노력하자.

서울 금란교회 진원 장로 임직식(2005. 3.)

4. 사위들, 자랑스럽고 멋지다.
함께라서 고마워

현주 가계의 장남 진석 형님(1921~1993)의 자식들은 사업가, 교육자 등으로 사회 발전에 크게 기여했다. 첫째 딸 혜자 남편 추종길은 중앙대학교 교수(유전학 박사), 둘째 딸 숙희의 남편 문창재는 한국일보 논설실장을 역임했다. 막내인 미송의 남편 허춘은 제주대 교수(문학박사)다.

선주 가계의 영자 동생 남편 김려석은 국영기업 한국이동통신(현 SK 텔레콤) 초대 대표를 지냈다. 휴대전화 서비스를 처음 개시했고, 1994년 민영화와 동시에 선경그룹에 인수되었다. 김려석은 해양대학을 나와 체신부에 근무하다가 성실함을 인정받아 전기통신공사 본부장으로 전직했다. 전기통신공사는 갑자기 늘어난 전화 교환기를 설치하는 업체다. 전화 수요를 여유 있게 설치해서 전화 적체로 인한 불편을 덜어 줬다. 선주 가계 미자의 남편은 김경해로 방송기자, 해외공보관 외교분석관, KTV 사장 등을 지냈다. 희주 가계 딸 진례 씨 남편 강경구는 고려대 경영학과를 졸업한 후 코트라 나이지리아, 이란 무역관장으로 오랫동안 근무했다. 특히 강 서방은 어려운 경제 형편 속에서도 동생들의 대학 진학을 위해 물심양면으로 헌신하는 착한 심성을 지녔다.

진선 동생의 남편 엄광석은 서울대학교 국어국문학과 출신의 언론인이다. 그의 이력은 화려하다. SBS 생방송 시사 프로그램 'SBS 전망대'의 진행자, 방송통신심의위원회 위원, 외교통상부 정책자문위원, 한국신문방송인클럽 이사, 뉴욕지사 뉴욕특파원 등을 두루 거쳤다.

경순 고모 가계 딸 강미숙의 남편 국순욱은 광주대학 교수(법학박사)다. 정주 가계 장년 희숙 동생의 남편은 서울대를 나와 충북대학교 교수(이학박사)로 은퇴했고 자녀로 1남 1녀이다. 정주 가계의 둘째 딸 승숙 동생 남편은 서울대를 나와 코오롱(주)에서 근무했다.

희주 님 사위 강경구 코트라 이란 해외무역관 발령지로 떠나는 날

5. 진혁, 날아가는 새는 뒤를 돌아보지 않는다

  작년에 결혼한 지 40년이 되었다. 결혼 25주년은 은혼식, 50주년은 금혼식으로 특별한 의미를 부여하지만, 40주년은 루비(Ruby)혼식이라고 한다. 루비는 기쁨, 즐거움, 경사 등을 상징하는 붉은색의 보석으로 보호와 행운을 의미한다. 오늘날 황혼이혼, 졸혼 등의 이해하기 어려운 이상한 풍조가 생겨났지만, 부부로서 40년간 서로 사랑하고 존경하면서 지내온 것만으로 은혜와 감사라고 생각된다. 특별한 행사는 하지 않고 전 가족들이 4박 5일 코타키나발루 여행을 다녀왔다.

  세월이 빨라 아직도 철없이 보이는 딸이 벌써 40세가 되었다. 나는 나이 드는 것에 그리 민감하지 않았지만, 40세가 된 해만큼은 말할 수 없는 회환과 두려움이 다가왔었다. 불혹의 어른 나이가 되었다는 현실과 향후 자녀를 어떻게 키워야 하는지에 대한 막연한 불안감이 쓰나미처럼 몰려왔기 때문이다.

나는 아들, 딸, 손자 3명을 두고 있다. 나의 첫 직장은 기업은행이었다. 지금처럼 은행에 들어가기가 어렵지 않았다. 남들은 안정된 직장이라고 생각했지만, 나는 미래가 불안했고, 당시 선망의 직장이었던 쌍용투자증권으로 이직할 때 아들을 가졌다. 참으로 감사한 일이다. 현재 아들과 며느리는 삼성그룹에 다니고 있으며, 딸은 개인 사업을 하고, 사위는 외국 항공사에 다니고 있다. 모두 성실한 직장인으로서 부모에게 효도하는 것이 기특하다. 가장 기쁜 일은 손주들과 함께하는 시간으로 그들을 위해 뭔가를 해 주고 싶은 마음이 굴뚝같다.

벌써 아버님이 돌아가신 지 20년이 지났다. 생전에 제대로 효도하지 못한 것이 마음에 걸리고, 부모님의 가르침을 지금이라도 실천하려고 한다. "자식은 부모 뒷모습을 보고 자란다."는 말이 뼛속 깊이 공감된다. 나의 아버님은 체벌 대신에 늘 "기본에 충실하라", "솔선수범해라", "대충대충 살지 마라"라는 정신을 강조하셨다. 또한 아버님은 자식들에게 "너희들이 지금 태어난 것에 감사하라"고 하시면서 음식에 대하여 어떤 투정도 하지 않으셨다. 자식들이 뭐가 되어야 한다고 강요나 종용하지도 않으셨다. 일평생 상대방을 비방하거나 귀찮게 하지 않으셨다.

자녀는 부모의 거울이자 그림자

21세기 최고의 영성가 헨리 나우웬(1932~1996, 네덜란드 출신의 로마 가톨릭 사제)은『죽음, 가장 큰 선물』이란 책에서 한 사람의 죽음은 그걸로 끝이 아니라 미래 세대와의 연결로 새로운 부활이라면서 흥미로운 예화를 들었다.

서커스에서 가장 화려하고 박수를 많이 받는 공중 날기 기술자와 나우웬이 나눈 대화다.

"나는 공중 날기를 할 때 나를 붙잡아 주는 사람을 전적으로 신뢰합니다. 대중들은 나를 위대한 스타로 생각할지 모르지만, 진짜 스타는 나를 붙잡아 주는 조우입니다. 그는 1초의 몇 분의 몇까지 맞출 만큼 정확하게 내가 갈 자리에 와 있어야 하고, 내가 그네에서 길게 점프할 때 공중에서 나를 잡아채야만 하니까요. 공중을 나는 사람은 아무것도 하지 않습니다. 붙잡아 주는 사람이 모든 것을 한다. 이것이 공중 날기의 비밀입니다. 조우에게 날아갈 때 나는 그저 팔하고 손만 뻗으면 돼요. 그다음엔 그가 나를 잡아 앞 무대로 안전하게 끌어가 주기를 기다리면 되지요. 나는 절대 조우를 잡으려 들면 안 됩니다. 나를 붙잡는 것은 조우의 임무예요. 공중 날기를 하는 사람은 날기만 하고, 붙잡아 주는 사람은 붙잡기만 해야 합니다."

만일 날아가는 사람이 잡아 주는 사람을 억지로 붙잡으려고 하면 잡아 주는 사람의 손목이 부러지거나 아니면 날아가는 사람의 손목이 부러지기 십상이다. 바로 공중곡예의 비밀은 날아가는 사람(flyer)은 아무것도 하지 않고, 잡아 주는 사람(catcher)이 모든 것을 한다. 이와 마찬가지로 부모의 역할 역시 자식이 하고자 하는 어떤 것도 잡아 준다는 신뢰감이라 할 수 있다.

유대인으로서 나치에 의해 강제수용소에 갇혀 천신만고 끝에 살아남은 빅터 프랭클이 쓴『죽음의 수용소』에 이런 구절이 있다.

"정말 중요한 것은 우리가 삶으로부터 무엇을 기대하는가가 아니라 삶이 우리로부터 무엇을 기대하는가 하는 것이라는 사실을. 삶의 의미에 대해 질문을 던지는 것을 중단하고, 대신 삶으로부터 질문을 받고 있는 우리 자신에 대해 매일 매시간 생각해야 할 필요가 있었다. 그리고 그에 대한 대답은 말이나 명상이 아니라 올바른 행동과 올바른 태도에서 찾아야 했다. 인생이란 궁극적으로 이런 질문에 대한 올바른 해답을 찾고, 개개인 앞에 놓인 과제를 수행해가기 위한 책임을 떠맡는 것을 의미한다."

건강하고 행복하게 나이가 들고 싶다

　다가올 인생 후반은 지금 우리가 무엇을 선택하고 어떻게 사느냐에 따라 달라진다. 한국인의 기대수명은 남성이 80.6세, 여성이 86.6세이지만 건강하게 자립적인 생활을 할 수 있는 기간인 '평균 건강수명'은 73.1세이다. 이 말은 평균적으로 생의 마지막 10여 년은 누군가의 지원이나 돌봄 속에서 살아간다는 뜻이 된다.

　이런 현실에서 할 수만 있다면 마지막까지 다른 사람의 손을 빌리지 않고 나답게 살다 가기를 바란다. 나이 듦은 누구에게나 공평하게 일어난다. 하지만 노화는 다르다. 같은 80세라 해도 흡사 30대나 40대처럼 팔다리가 튼튼해 활발히 활동하는 사람이 있는가 하면, 반대로 누워 지내는 사람이 있다.

　2017년 캐나다 및 미국 노년의학회는 건강한 노후에 필수적인 요소를 5가지 개념으로 정리했다. '5M'으로 첫째, 걷고 움직이는 등의 기본적인 신체 기능 유지를 의미하는 '몸(Mobility)'이다. 노화로 몸에서 시작된다. 세포는 날마다 다시 태어나도 근육은 노화한다. 10일만 누워 있어도 근육량은 1킬로그램 감소하며 낙상이 고령자의 인생을 망가뜨린다. 따라서 운동으로 미래 건강을 준비해야 한다.

둘째, 인지기능과 정신상태를 의미하는 '마음(Mind)'이다. 아무리 신체적으로 건강해도 마음의 병이 들면 소용이 없다. 뇌가 위축되면 노화가 급진전된다. 인지기능 저하를 막아야 한다. 치매를 예방하는 보충제란 없다. 꾸준히 운동을 해야 한다. 7시간 이상 수면하는 습관을 가져야 한다. 작고 사소한 것들이 우울증을 막아 준다.

셋째, 여러 가지 약물 복용을 잘 조율해야 함을 뜻하는 '약(Medication)'이다.

넷째, 연령이 증가할수록 생기는 다양한 질환을 막는 예방(Multicomplexity)의학이 더 강조된다. 건강검진은 미래를 위한 투자다. 질병을 예방하는 식생활로 전환하며, 건강식품을 믿지 말라.

다섯째, 내 삶에 중요한 것과 인생의 우선순위를 의미하는 '삶의 의미(Matters Most to Me)'이다. 죽음의 사전 준비가 필요하다. 나는 어떤 모습으로 마지막을 맞고 싶은가? 삶의 의미를 소중하게 여기며 나의 의사결정을 확실하게 표명한다. 나이가 든다는 말은 곧 살아간다는 말로 너무 슬퍼하거나 괴로워할 필요가 없다. 땅속의 씨앗이 썩어야 새로운 생명이 탄생되는 이치와 다를 바 없다. 흘러가는 노년이 아니라 대비하는 노년이 중요하다.

좋은 가문, 화목한 가정을 주신 것만으로도 은혜이며 힘이 되고 감사드린다. 인생은 여전히 미지의 여정일 것이다. 니체 철학 중 가장 중요한 핵심인 '아모르 파티', 즉 운명애(運命愛)를 간직했으면 한다. 운명 자체에 순종하지 않으면서도 거부하지 말고 사랑하자. 삶은 살아야 할지 말아야 할지 선택의 문제가 아닌 소중하게 여겨야 한다.

나는 다음 몇 가지 다짐하고 실천코자 한다.

첫째, 일신우일신(日新又日新)으로, 날이 갈수록 새로워지는 일취월장(日就月將)과 크게 다르지 않다. 뱀도 허물을 벗지 못하면 죽듯이 지금, 여기에서 새롭게 발전한다.

둘째, 감사와 성찰의 삶을 살겠다.

셋째, 건강에 대한 다짐이다. 건강은 나의 삶의 균형을 이루는 핵심이다. 매일 30분의 스트레칭과 함께 건강한 식습관을 유지한다. 적절한 운동을 통해 몸과 마음을 강화한다. 하루 6,000보 이상 걷는다. 더운 물을 마시고 정기적인 건강검진을 받는다.

넷째, 일에 대한 다짐이다. 일은 생산적인 나의 삶을 뒷받침하는 중요한 부분이다. 매일 독서를 통해 지식을 쌓고, 업무에 전념하여 역량을 향상시킨다. 지난 20년 동안 매년 1권 이상의 책을 저술했었다.

다섯째, 가정에 대한 다짐이다. 가정은 나의 안정과 행복의 근간이다. 가족과 함께 보내는 시간을 소중히 여기며, 서로의 이해와 존중을 높일 것이다. 주말에는 가족들과 함께 여행하거나, 함께하는 운동을 하며 소중한 대화를 나눌 것이다.

여섯 번째, 좋은 인간관계에 대한 다짐이다. 봉사활동을 통해 사회에 기여하고, 기부를 통해 다른 사람의 행복을 위해 살고 싶다.

마지막 일곱 번째, 믿음에 대한 다짐이다. 믿음은 나의 삶을 이끌어 가는 원동력이다. 매일 기도를 통해 내내 긍정적인 마음가짐을 유지하고, 영성을 키워 나의 삶에 믿음을 실천해 나갈 것이다.

김형석 연세대 명예교수의 말씀인 "정신은 상류층, 경제는 중산층"으로 살고 싶다.

19세기 영국의 계관시인 테니슨(A. Tennyson)이 80세에 쓴 「참나무(The Oak)」라는 시에서 관조한 인생을 참나무에 비유했다.

"젊거나 늙거나 저기 저 참나무같이 내 삶을 살아라.
봄에는 싱싱한 황금빛으로 빛나며 여름에는 무성하고
그리고, 그러고 나서 가을이 오면 다시 더욱더 맑은
황금빛이 되고 마침내 나뭇잎 모두 떨어지면 보라, 줄기와 가지
로 나목 되어 선 저 발가벗은 '힘'을."

아버지의 진심 어린 말

　자식 사랑하지 않는 부모는 없다. 유독 한국인의 자식 사랑은 유별나다. 부정입학 등의 엘리트층의 삐뚤어진 자식 사랑은 사회 문제를 일으킨다. 진화한 AI는 지식산업의 생산성과 사회의 효율성을 높여 학력 파괴는 물론 지식노동자의 일자리까지 위협하고 있다. 2018년 순다르 피차이 알파벳 최고경영자(CEO)는 스위스 다보스포럼에서 이렇게 말했다. "AI는 전기, 심지어 불보다 인류에 더 심오한 영향을 미칠 것이다." 그럼에도 일류대학에 목매는 부모가 많다.

　노벨경제학상 수상자 폴 크루그먼은 "우리 중 일부는 비싼 돈을 들여 교육받았음에도 실직당하거나 훨씬 적은 수입을 올릴지 모른다"고 일갈한다. 향후 유토피아가 될지, 디스토피아가 될지 대답의 키는 인간이 쥐고 있다. 역사학자 유발 하라리는 『호모데우스』에서 이렇게 말한다. "우리는 소행성을 두려워할 게 아니라 우리 자신을 두려워해야 한다. 왜냐하면 호모 사피엔스가 게임의 규칙을 바꿨기 때문이다."

　오랜만에 자식과 재테크에 관한 이야기를 나눴다. 얘기할 것이 너무 많아선지 중언부언한 느낌이다. 핵심은 주식투자를 선택이 아닌 필수로 금융 문맹에서 벗어났으면 하는 바람이다. 동시에 주식을 해선 안 되는 경우를 소개했다.

① 단기자금이 필요한 자: 앞으로 1~2년 이내에 자녀 학자금, 주택 구입 등 꼭 필요한 돈이라면 그 돈으로 주식 투자해서는 안 된다. 원금 보장을 바라고, 운이나 정보를 통해 단기간에 돈 벌겠다는 것은 소나기를 피할 수 있다는 자만일 뿐이다. 주식을 '하이 리스크(High-Risk) 하이 리턴(High-Return)'이다.

② 감정적인 투자자: 주식시장에 너무 예민하거나 과도한 감정을 느낀다면 주식투자를 하지 않는 것이 옳다. 감정적인 사람은 주가가 오를 땐 더 오를 것 같아 주식을 추격 매수한다. 주가가 떨어지면 더 떨어질까 두려워 추격 매도를 한다. 주식투자의 기본전략인 '쌀 때 사서 비쌀 때 파는' 것과 상치된다. 유럽의 최고 투자자 앙드레 코스톨라니는 돈을 뜨겁게 사랑하고 차갑게 다루라고 충고한다.

③ 기업 오너나 자영업자: 사업하거나 가게를 운영하는 자영업자는 이미 주식투자를 하고 있는 셈이다. 회사에 올인하고 주식 가치를 높이는 데 전력을 다해야 한다. 사업은 경기에 민감하

다. 만일 경기가 나빠지면 주식시장도 사업체도 힘들어져 자금 포트폴리오를 제대로 하지 못하는 결과를 낳는다. 마이크로소프트(MS)의 창업자 빌 게이츠나 아마존의 창업자 겸 최고경영자(CEO) 제프 베조스가 부자가 된 이유는 주식투자가 아닌 자기 회사를 성장시켰기 때문이다. 단기투자하고 싶다면 차라리 카지노에 가는 것이 낫다. 카지노는 성공확률이 49:51로 주식투자보다 높다.

젊은 세대 사이에 '파이어(Fire)'에 대한 관심이 높다. 파이어란 '경제적 독립을 이뤄 조기에 은퇴한다(Financial Independence, Retire Early)'는 뜻의 영문 약자다.

생계를 위한 일을 빨리 그만두고 하고 싶은 일을 하면서 살기 위해서다. 기성세대와 달리 직장에 매여 오래 일하는 것을 원치 않는 것이 옳고 그르다는 판단을 유보한다. 스티브 애드콕은 35세의 이른 나이에 경제적 독립을 이뤄 은퇴하고 부인과 여행하며 블로그에 파이어로 성공하기 위한 5가지 비결을 말했다.

① 경제적 독립을 목표로 삼는다.
② 가치가 상승하는 자산에 투자한다.
③ 지속적인 장기적 투자가 필요하다.

④ 전문가 수준으로 현금흐름을 꼼꼼히 파악한다.

⑤ 나쁜 빚은 없앤다.

자산관리에 정답은 없고 명답은 있다. 값비싼 산삼이라도 어떤 사람에게는 해가 된다. 소득을 자산으로 착각하지 말고, 자신에 맞는 자산관리를 가져라!

행복의 조건

행복은 주관적 안녕감의 편안한 상태로 인생의 목표다. 외부적 행복은 환경과 운에 달렸고, 내부의 행복은 영혼을 자극하는 사랑에서 비롯된다. 행복은 남들이 가지고 있는 것이 아니라 이미 내 마음속에 있다. 행복의 조건은 같은 방향을 바라보는 그리 거창하지 않은 사소한 주변의 관심과 애정이다. "행복은 삶의 의미이자 목적이며 총체적인 목표다." 아리스토텔레스의 말이다.

영국의 철학자 버트란트 러셀은 "행복은 주어지는 것이 아니라 노력으로 정복하는 것"이라고 말했다. 노벨경제학상 수상자 다니엘 카너먼은 "가장 기분 좋은 시간이 길면 길수록 행복하다."라고 사고

와 행동의 레퍼토리를 확장시켰다. 우연적 요소로 찾아오는 행복에 도달하는 방법은 무엇일까?

첫째, 의미 있는 일을 할 때 행복해진다. 쾌락적인 일도 일시적인 행복감을 줄 수 있지만, 그 지속성이 짧다. 둘째, 나를 위한 오롯한 행복 추구보다 사랑하는 사람들을 행복하게 만든다. 셋째, 행복은 소유에 있지 않고 나의 마음가짐에 있다. 넷째, 행복이 머무르는 곳은 현재로 가치 있는 삶이 반증한다. 다섯째, 행복은 불행과 함께 찾아오는 경우가 많다. 불행을 막기 위한 긍정적 생각과 운동, 공부가 요구된다.

철학자 칸트는 행복하기 위해서는,

① 할 일이 있고,
② 사랑할 사람
③ 희망이 있어야 한다.

행복학의 대가 조지 베일런트 박사는 행복해지는 조건 중 으뜸으로 '고난에 대처하는 자세'를 꼽는다. 지나간 일에 대해 후회하지 말고, 오늘을 더 나은 날로 만들라. 비록 오늘 힘들어도 내일의 태양이 다시 뜬다.

꽃잎이 떨어져 꽃길을 만들다

(사진= 하재열 작가)

4장

행복은 조건이 아닌
선물을 선택하는 것

신이 우리에게 주신 가장 큰 선물 세 가지는 눈물과 감사 그리고 웃음이다. 눈물에는 치유의 힘이 있고, 감사는 소망을 이루고 웃음에는 건강이 담겨 있다. 우리 집안은 머리는 그렇게 우수하지 않으나 건강 체질로 태어났고 소위 가족 병이 없다.

조부가 늘 하시는 말씀이 "씨가 좋은 집안이다"라는 농담 반 진담 반으로 말씀하셨다. 그 원동력은 아마 웃음에서 나오지 않을까 생각된다. 기쁠 때 몸 안팎으로 드러나는 가장 큰 행동이 웃음이다. 행복을 지킬 수 있는 마음속에는 특별한 스위치가 웃음이다. 어렵고 힘든 시절을 보냈지만, 항상 집안에는 웃음이 살아 있었다. 소망은 쫓는 것이고 원망은 잊는 것이다. 기쁨은 찾는 것이고 슬픔은 견디는 것이다. 건강은 지키는 것은 병마는 벗하며 감사하는 마음이다. 소위 집안에 돈 때문에 싸우는 경우가 없었다. 가족을 살피고 이웃과 어울리는 유전자가 발달되었는지 모르겠다. 지금도 사촌 모임에 8~10명이 꾸준히 모이는 것만 봐도 집안이 평안하다는 것을 알 수 있다.

중국 한(漢)나라 때 악부인 「서문행(西門行)」에 나오는 말 "人生不
滿百 常懷千歲憂(인생불만백 상회천세우)"는 사람이 백 년을 채워
살지도 못하면서, 늘 천 년어치의 걱정을 하는 것을 꼬집는 말이다.

인간은 너무 필요 없는 걱정까지 하는 일면이 있는가 하면, 당장
눈앞에 닥쳐오는 걱정도 모르고 동분서주하는 일면도 있다. 이것이
인간이 지니고 있는 특색이요, 또 모순일지 모른다.

중국 최초의 중앙 집권적 통일제국인 진나라를 건설한 전제군주
진시황(始皇帝)은 그의 후손이 천년만년 오래오래 황제의 자리를
유지하도록 하기 위해 만리장성(萬里長城)을 쌓고 불로초를 구하
려고 애썼다. 하지만 겨우 오십 평생을 살고 만 것을 보면 인간만사
새옹지마(塞翁之馬)가 맞는 말이다. 당장 밀어닥친 불행이 오히려
다행히 되기도 하고, 그 다행히 불행의 씨가 되기도 한다.

옛 성인들의 가르침 가운데 내일 일은 내일 걱정으로 충분하다고
한다. 성경에 보면 농사를 짓지 않는 새도 먹여 주는 조물주가 하물
며 우리를 그대로 두지는 않을 것이다. 천불생 무록지인(天不生 無
祿之人, 사람을 아무 의미 없이 낳게 하지 않는다)이란 말과 일맥상
통한다. 사르트르는 "타인은 지옥이다"라고 말했다. 이 말은 타인과
의 관계 때문에 지옥같이 힘들다는 말이 아니다. 내가 나 자신을 인

식하고 스스로를 평가하는 모든 것이 타인의 시선으로부터 오기 때문에 지옥은 타인에 있다는 말이다. 이 공간을 지옥으로 만드는 것은 다른 사람이 아닌 자신 스스로가 만든 것이다.

나는 자존감보다는 심리학자 마크 리어리의 소시오미터 이론을 더 믿는 편이다. 타인이 나를 긍정적으로 봐 준다고 인식하면 내가 그만큼 괜찮은 인간이라고 생각하게 된다는 이론이다.

내가 자존감을 믿지 않는 이유는 간단하다. 나는 스스로를 절대 긍정할 만큼 대단한 인간이 아니다.

내가 나를 절대적으로 존중하지 않는다고 스스로 비하한다는 뜻은 아니다. 나는 그 대신 나를 존중해 주고 무조건 지지해 주는 사람들의 이야기를 철석같이 믿는다. 나를 좋아해 주는 사람들을 찾아내서 그들의 말을 열심히 듣는다. 자존감의 매력은 누구의 도움도 필요하지 않고 나 혼자 결정하면 된다는 데 있다. 그러나 인생의 굴곡 속에서 영원히 흔들리지 않는 마음으로 나를 지지해 줄 수 있을까? 그래서 나는 나를 믿는 대신, 나를 믿어 주는 사람을 믿고, 그들에게 나도 그런 사람이 되어 주는 쪽을 선택한다.

남의 인정에 목을 매라는 뜻은 아니다. 남이 누구인가를 내가 의식적으로 정할 수 있으면 된다.

1. 김녕 김씨 돈녕공 취구파 뿌리

우리 가문의 본은 김녕 김씨다. 김녕 김씨의 숫자는 약 58만 명에 이르고, 신라 김씨의 원조 김알지에 뿌리를 두고 있다. 시조 김시홍은 경순왕의 넷째 아들 은열은 8세손이며 동정공 봉기의 아들이다. 학파로는 돈녕공 취구파다.

돈녕공파는 김녕 김씨 계보 중 장손에 해당된다. 그 후 취구파(就九派)로 분가했고, 아버님 주(周) 항렬은 8대조에 해당한다.

본관은 경상남도 김녕(金寧, 김해의 옛 지명)이다. 9세손 김시홍(金時興)은 고려 때 묘청의 난을 진압하면서 공적을 세웠으며 명종 때 김녕군으로 봉해졌다. 김녕은 김해의 옛 지명으로 김해 김씨와 혼돈이 있어 김녕 김씨(金寧金氏)를 후김(後金)으로 불렀다가 조선 말 고종의 왕명에 의해 김녕으로 부르기 시작했다고 전해진다.

역사에 기록을 남긴 분으로 김문기를 든다. 세조의 왕위 찬탈을 반대하던 김문기(金文起)는 참수를 당하고 멸문의 화를 입게 된다.

최근 유명한 인물 김홍일(金弘壹, 김해 김씨 법홍파)은 항일 독립운동에 투신하여 광복군 총사령부 참모장을 지냈다. 현대 인물로는 14대 대통령 김영삼(김녕 김씨 충정공파)과 중앙정보부장을 역임한 김재규, 김법린 전 문교장관, 음악가 금난새 씨도 김녕 김씨의 인물로 알려져 있다.

6대조 명곤(命坤) 할아버지는 인물의 출현은 땅에 있다는 도참설(음양오행설에 의한 인간 사회의 길흉화복을 예언하던 학설)에 빠져 명당을 찾아 나섰다. 삼남(三南) 일대를 뒤지다가 고성 거류면 신룡리 사탕산 묘좌를 택하여 8대조 취구(就九) 할아버지를 모시게 되었다. 곧이어 고성 산산면 미곡기 백학동에 8대조 할머니(김해 김씨)를 모시게 된다. 가뜩이나 어려웠던 살림살이를 명당 얻는 데 모두 탕진하고 나니 무일푼이 되고 고향을 떠나는 비운을 맞았다. 설상가상으로 묘역 근처의 진주 강씨 집성촌에서 마을의 기운을 차단했다는 이유를 들고 일어나서 몸을 피할 수밖에 없어 식솔을 데리고 명곤 할아버지는 정처 없이 길을 나선다.

결국 광양만 골약(骨若) 성황당 근처(지금의 광양제철)의 어촌 마을에 상륙하고 헛간을 빌려 한기를 피하는 신세가 된다. 우연히 집 안주인의 오라버니 되는 분이 광양현의 이방(吏房)이었고 '경상도에서 한학자 한 분이 와서 산다'라는 이야기를 듣고 아들 둘을 부탁하게 되었다. 이것이 계기가 되어 시골 서당이 개설되고 교습법이 좋았던지 몇 년 후에는 현감이 있는 읍으로 진출하면서 기반을 잡기 시작했다. 그리고 명곤 할아버지의 오씨 할머니가 돌아가시자, 또다시 명당으로 확신하시는 고성 지류면 신용리 선산에 모시게 되고, 이때부터 강씨들과 본격적으로 분쟁에 돌입하게 된다.

　1952년 여름, 한발이 심해지자 강씨 집성촌의 젊은이들이 삽과 괭이를 들고 묘를 다시 파헤치기 시작했고, 이에 놀란 우리 선산 관리인이 급히 연락해 왔다. 당시 경남도경 사찰과장으로 계시던 정주 숙부님이 부랴부랴 고성 서장에게 연락하여 묘를 팔 경우 모조리 고발하겠다고 으름장을 놓아 사태를 수습한 바 있다. 지금은 쌍방이 모두 이해하고 호의적인 관계로 발전되었다.

　상의 할아버지 위 형제분으로 상환(商煥, 1862년생), 상유(商裕), 상록(商祿)과 우리 할아버지 4형제는 모두 우애가 있었다. 첫째는 얼마 되지 않는 농토를 일구었고 둘째인 상유(商裕)는 보조 농사꾼이었고, 셋째는 인물도 좋고 어릴 적부터 책을 좋아해 아들 하나는 글을 해야 한다는 생각으로 일찍부터 사역을 면제받았다. 막내인 상의 할아버지는 어머니의 각별한 사랑을 받으며 형님들의 심부름과 깔담살이(머슴) 역할을 하며 자랐고, 잉여노동력이다 보니 자연히 외부로 나돌기 시작했다.

벌써 15, 16세 때부터 이웃집 농사일을 본격적으로 도우며 17세 때에는 중머슴의 새경을 받을 정도로 노동력과 생산성을 인정받았다. 새경의 협상은 반드시 큰형님이 하셨고, 우리 조부님은 한 푼도 만져 본 적이 없었다고 한다. 그런데 어느 해인가 형님이 몸도 불편하고 예년과 달리 챙기는 것 같지 않고 해서 어머니께 살짝 보고하고 당신이 직접 돈을 받았다고 한다. 이 돈을 들고 하동장으로 가서 돈벌이가 없는가 기웃거리다가 달콤한 냄새가 진동하는 엿도가에 들르게 되었다. 돈을 털어 엿을 사서 겨울철이라 시간도 많아 걸어서 약양장에 가서 중간 도매하고, 다음 날 새벽같이 진교장에 가서 중간 도매 그리고 소매를 하니 딱 3배가 남더라는 것이다.

'장사란 이런 묘미가 있구나!' 하고 탄복하는 계기가 되었다. 겨울철 농사일이 없을 때 앞산에서 나무 한 점 더 해서 섬진강 나루로 지고 가서 팔면 엽전 서너 잎을 받는다. 어머니에게 갖다드리고 착실하게 모아서 송아지를 사서 배 내기 하는 길이 부를 마련하는 일이라고 생각이 들었다. 당시 시장은 의식주 잡화 그리고 제수 물품에서 신제품(일본 상품)이 추가되면서 시장은 나날이 화려해지고 사람들이 모여드는 축제의 자리가 되었다.

　조부님은 돈이 생기면 산판(山坂)을 사고 농지를 구입해 소작을
주었다. 그리고 당신의 주장은 "한밑천 마련하려면 장가들기 전 총
각 때 이루는 것이지, 자식새끼가 생기기 시작하면 절대 모으지 못
한다."라는 것이다. 할아버지는 경제적으로 자립하기 위해 당시로
서는 결혼이 늦었다. 할아버지는 21세, 할머니는 23세였다. 연안 차
(車)씨 양반으로 증조부님이 통영 고을 수령으로 차씨 집안에서 콧
대가 높았다. 그러나 노처녀인 탓에 가난한 총각에게 시집온 것이
다. 두 분은 열심히 일하셨고 금실도 좋았다. 바로 차씨 할머니의
부지런함이 일조를 했다.

정문에서 바라본 고택

은혜의 강가

김진혁

지금 이 순간 가장 기쁜 날이 되게 하소서

행복은 생명의 원천이며 살아가야 할 이유입니다.

어제는 히스토리 내일은 미스터리 오늘만이 선물입니다.

어제보다 오늘, 더 낳은 날이 되게 하소서

아픈 삶, 병든 삶일지라도 희망의 동아줄 놓지 마세요.

주님이 사랑한 것 같이 서로 사랑하는 것이 소명입니다.

만나는 사람마다 먼저 손 내밀고 친절하소서

효도, 신뢰, 자부심이 인생 꽃 중의 꽃입니다.

가족을 위한 희생보다 더 큰 사랑은 없습니다.

가장 행복한 오늘

희망과 은혜의 강가에 서서

세상 어딘가에 있을 사랑하는 그대여

2. 항렬표

돈녕공 취구파

世	24	25	26	27	28	29	30	31	32	33	34
항렬	재	하	상	주	진	한	병	경	동	현	성
載	夏	夏	商	周	秦	漢	柄	庚	東	炫	聖

영돈녕공(준)파

世	23	24	25	26	27	28	29	30
항렬	정	계	형	기	석	영	빈	병
行列	廷	季	炯	基	錫	永	彬	炳

世	31	32	33	34	35	36	37	38
항렬	균	종	문	동	현	중	련	홍
行列	均	鐘	汶	東	法	重	練	洪

자랑스러운 조부님 생전 모습

3. 고향의 풍경, 잠깐 멈춰 삶의 향기를 맡으세요

나는 지금 가장 행복하다. 당장 '집합' 호령이 떨어지면 사촌, 조카들이 만사 제쳐 놓고 고향에 내려갈 수 있기 때문이다. 아직도 집안에 효가 건재하다. 할아버지 묘를 새로 단장하고 떨어져 있던 친척 묘를 한군데로 조성했다. 할아버지가 사셨던 고택이 건재하다. 동학혁명, 의병시대 그리고 일제와 해방의 소용돌이 속에 많은 집안 사람들이 흩어졌지만, 우리 집안은 아직도 그곳에 뿌리를 내리고 있다.

동으로는 국사봉(447m)과 사루봉으로 둘러싸이고 북쪽 저 멀리 백운(白雲)의 줄기 억불봉(億佛峰)이 굽어보는 자리, 백운산에서 발원한 수어천(水魚川)은 굽이굽이 돌아 큰 내를 이루고 고향 지원(旨元)마을을 지나며 넉넉한 수량을 과시한다. 그리고 드높은 송광(松廣)들이 젖줄이 되어 유유히 흘러 섬진강 하구로 유입된다.

인자요산 지산요수(仁者樂山 智山樂水, 어진 사람은 산을 좋아하고 지혜로운 사람은 물을 좋아한다), 자고로 산은 인물을 낳고 물은 재물을 창출한다고 한다.

우리 고을은 많은 인물을 배출하였다. 근대에는 황매천, 현대에
들어 엄상섭(嚴詳燮, 1907~1960), 조재천(曺在千, 1912~1970), 김
옥주(金沃周) 같은 정치인, 법조인을 배출하였고, 하구에는 포항제
철이 들어섬으로써 고을의 경제가 확 바뀌었다. 맑고 수량이 풍부
한 수어천은 거대한 댐이 건설되어 여수화학공단과 광양제철소에
물을 제공하고 있다. 나는 언제나 시골 친구를 만나면 "광양, 여수
사람들은 아침 세수하기 전에 수어천 댐 쪽으로 돌아서서 꾸벅 절
하고 물을 쓰기 시작해야 양반 소리 듣는 것이다"라고 일갈한다.

4. 특산물

광양은 백운산 계곡, 광양 매화 마을, 백운산 자연휴양림, 광양 이 순신대교, 섬진강 망덕포구, 유당공원 등 볼거리가 많은 것으로 유명하다. 요산요수로 산해진미가 많다. 높은 산에는 풍부한 임산물과 약수, 강에는 민물고기, 은어와 참게, 고동 그리고 바다에는 각종 생선, 김, 파래 등이 가득했다.

초봄 아지랑이가 시작되는 우수, 경칩 때는 위장병, 신경통에 특효인 고로쇠 약수(단풍나무 수액), 우리 가정의 상비약인 매실, 그리고 민물에서 사는 게지만 알을 짠물에서 낳는 수어천의 명물 참게와 방뎅이, 또한 아무리 가뭄이 심해 흉년이 들더라도 우리들의 선조가 굶지 않고 살 수 있게 해 준 강에서 서식하는 갱조개(제첩)와 백합조개, 그밖에도 벼가 노릇노릇할 때쯤 광양만에 나타나는 보양식으로 최고의 맛을 선사하는 전어. 그것뿐인가, 비타민 C가 풍부하여 성인병과 감기 예방에 특효인 감과 밤, 가을 향기의 원천인 노란 유자, 민물에서 자라고 가을철이면 광양만을 지나 태평양까지 내려가 알을 낳고 다시 회귀하는 뱀장어, 너무나 잘 알려진 김(해태), 서민들이 일 년 열두 달 맛볼 수 있는 어른 팔뚝만 한 숭어 등 명산 명품들의 보고가 바로 우리 고장이다.

용기와 힘, 겨울이 끝나고 봄이 오기를 기다리는 희망의 상징 동백나무

5. 가문 나무, 금목서(金木犀)

목서 종류 중에서 가장 오렌지색의 꽃을 피우는 금목서(Osmanthus fragrans var. aurantiacus Makino)는 잎 주변에 작은 가시가 없고 높이는 3~4미터로 잎은 마주 나고 긴 타원형의 넓은 피침 모양이고 빽빽하게 붙는다. 꽃은 황금색이고 목서 중에서 꽃향기가 가장 으뜸이다.

'Osmanthus'는 그리스어 osme(향기)와 anthos(꽃)의 합성어로 '향기가 나는 꽃'이라는 뜻으로, 진한 향기가 일품이면서 나무 가격도 제일 비싸다. 이 작은 꽃들이 뿜어내는 향기로 꽃이 절정일 즈음이면 근처에만 가도 달콤하면서 향긋한 냄새가 주변을 온통 향기롭게 만든다.

이 금목서를 최고의 정원수 축에 넣는 일들이 많다. 그 이유는 여럿이 있는데, 나무 전체의 모양도 정원에 심기에 적절한 정도로 그리 작지도 크지도 않고 사시사철 푸른 상록수이면서 넓은 잎이어서 좋다.

무엇보다도 앞에서 말한 꽃향기는 나무 곁에 서 있으면, 우울했던 마음까지도 행복하게 해 줄 듯 대단하다. 한 나무를 단정한 모양으로 키워도 좋고, 가지가 강하고 조밀하게 나니 생울타리로 키워도 좋다.

향기로운 꽃으로는 차를 만든다. 말 그대로 꽃차다. 가장 쉽게 차로 마시는 방법은 꽃이 피었을 때 꽃과 잎을 조금 잘라 그늘에 말려 밀봉해 두었다가 녹차 우릴 때 조금 넣으면 더없이 향기롭고 풍류 가득한 꽃차가 된다. 꽃으로 술을 담그기도 하고 잎은 기침, 가래 등을 삭히는 데 치료 효과도 좋다.

금목서는 우리 집안의 특징과 유사한 것이 몇 있다. 금목서는 꽃이 귀한 초겨울에 피어 겨우내 푸른 잎과 자주색 열매, 섬세하고 풍성한 가지에 황홀한 향기까지 갖추어 정원수라고 한다. 할아버지부터 본격적으로 시작된 가계로 인원은 많지 않지만 각 분야에서 최선을 다하고 국가와 사회발전을 위해 노력하고 있다. 특히 건강한 몸을 주셔서 장수 집안으로 알려져 있다.

겨우내 푸른 잎과 자주색 열매, 섬세하고 풍성한 가지에 황홀한 향기 금목서
(규주 삼촌 정원)

6. 가문 몰랑몰 김씨 찬가

작사자: 정주 가계 김진혁(시인, 경영지도사, 박사)

작곡자: 현주 가계 추은희(연세대 작곡과 졸, 독일 바이마르 음대 졸,
연세대 음악대학 교편)

자식은 부모의 거울, 자녀를 위하여 울라!

(사진= 하재열 작가)

맺음말

단합된 가족을 보면 행복이 피어오른다

어느 날 꿈속에 할아버지께서 찾아오셨습니다. 편안하고 단아한 모습으로 흰 두루마리를 입고 가죽 가방을 들었습니다. 너무 반가운 나머지 무슨 대화를 나누었는지 기억이 없지만, 가방 속에 무엇이 들었는지가 궁금했습니다. 다음 날 오전에 동생들이 찾아와서 가문 이야기를 책으로 냈으면 어떻겠냐는 의견을 제안했습니다.

끊임없이 꿈을 꿔 온 인간에게 고통은 숙명이자 행복에 도달하기 위한 감내해야 할 과정입니다. 저마다 살아가는 방식이 다르고, 감정의 깊이를 가늠하기 어려워 때때로 상처를 주기도 합니다. 물론 가족이라도 예외일 수 없겠지요.

누구도 거부할 수 없는 운명, 내 생애 가장 아름다운 가족이란 인연의 울타리를 생각할 때마다 고향이 떠오릅니다. 뭐라 표현하기 어려운 아련한 마음과 그리움으로 다가옵니다. 당장 무엇을 하는 것이 옳은지 알 수 없지만, 희미한 문제해결책과 커다란 울림이 다가옵니다. 주어진 일에 최선을 다하고 사랑으로 우리를 만드신 확신 가운데 사는 것입니다.

아름다운 꽃과 따뜻한 향기도 남기고 싶습니다. 아버지의 월북으로 모진 고통을 당했던 진원 동생, 이런저런 이유로 상처받아 아픈 감정을 치유해야 하는 친척, 병마와 싸워야 하는 가족들을 생각할 때마다 아련한 마음이 듭니다. 이 책을 쓰면서 공감하고 부모님의 은혜를 생각하는 자체만으로도 큰 의미가 있다고 생각됩니다.

가족이란 당연히 주어진 것이 아니라 만들어 가는 것

이 세상에 변하지 않는 것은 없습니다. 그리스 신화에 등장하는 '레테의 강'은 망각의 강으로, 죽은 자는 저승으로 가면서 이 '레테의 강물'을 한 모금씩 마신다고 합니다. 과거의 나쁜 기억은 지우고 다시 신뢰와 새로운 삶을 받아들였으면 합니다. 가족 간의 아쉬움, 불편한 감정을 잊어버리고 망설임 없이 뚜벅뚜벅 앞으로 걸어갑시다. 전설의 복싱 선수 마이크 타이슨의 스승 커스 다마토는 "영웅은 두려움을 마주하면 그것과 싸워 이기고 행동을 하지만, 겁쟁이는 두려움에 떨며 아무런 행동을 하지 않을 뿐이다."라고 말했습니다. 우리 모두 위대한 발걸음을 내디뎠으면 합니다.

기록과정을 통해 '우리는 하나'임을 인식했습니다. 잊고 살았던 은혜, 감사, 사랑의 신세계를 체험하는 귀한 기회도 얻었습니다. 행복한 가족은 서로 비슷한 이유로 닮았지만, 반면에 불행한 가족은 각기 다른 방식으로 불행하다고 합니다. 내가 죽을 때 마지막 순간까지 남는 자가 가족이 아닐까요?

밀란 쿤데라의 말이 생각납니다. "다시는 돌이킬 수 없는 순간을 살고 있다는 것을 알아야 인간적이다." 우주의 티끌만 한 존재인 우리가 한 가문으로 만난 것이 얼마나 큰 기쁨이자 놀라운 섭리가 아니겠습니까?

윌리엄 워즈워스의 시 「무지개」에서 이런 구절이 나옵니다.

"하늘의 무지개를 볼 때마다 내 가슴 설레니, 나 어린 시절에 그러했고 다 자란 오늘에도 매한가지, 쉰, 예순에도 그러지 못하면 차라리 죽음이 나으리라."

인간 모두는 고유한 자신의 별입니다. 행복하게 살아야 할 소명도 있습니다. 영혼이 맑아졌으면 합니다. 찬란한 별빛의 낭만과 두려움에서 줄행랑치면서 세월의 그물에 걸리지 않는 사자처럼 가슴이 뛰었으면 합니다.

우리 조상들의 시시콜콜한 이야기, 살아가는 현장, 후손들이 알았으면 하는 간절한 마음을 이 책에 담았습니다. 가족의 모든 추억을 담지 못한 아쉬움이 있지만, 가족이라는 대명제하에서 사랑과 행복이 깃들기를 기대합니다. 삶의 실존적인 고통을 지혜롭게 극복하고, 운명의 굴레에서 선순환으로 돌려야 합니다.

지위가 높다고, 재물이 많다고, 좋은 가문이 되는 것이 아닙니다. 서로 사랑하고 행복한 교류가 있어야 합니다. 그런 점에서 사촌끼리 모여 조상들 이야기를 나눌 수 있다는 것이 축복받은 가문이라고 생각됩니다.

'든 자리는 몰라도 난 자리는 안다.'는 옛말처럼 삼촌 모두가 떠난 자리의 공백이 너무 크고 그립습니다. 그러나 삼촌이 남기신 자리에 아름다운 삶의 향기가 피어오릅니다. 어른이 된다는 것은 단지 나이만 먹는 것이 아니라 여린 나를 보듬어 주고 새로운 의미를 발견하는 것입니다.

동이 트기 전 새벽이 가장 어둡습니다. 어려운 시기에 아름다운 꿈들이 탄생합니다.

이제라도 이해하고 져 주는 넉넉함, 지나간 일에 대해 후회하기보다는 오늘을 더 나은 날로 만들겠습니다.

자신의 별을 존중하고, 신뢰감과 배려심으로 영혼을 맑게 하겠습니다. 찬란한 별빛의 낭만과 두려움에서 줄행랑치는 사자처럼 가슴 뛰는 삶을 살겠습니다.

이 세상에서 가장
건강한 사람은 늘 웃는 사람
진정한 부자는 감사가 넘치는 사람
행복한 사람은 누군가를 사랑하는 사람입니다.

하루하루가 선물입니다.
아름다움을 발견해야 합니다.
사랑하고, 감사하고, 꿈을 나누고, 감탄하리라.

"모든 인간은 사랑을 갈망한다. 사랑은 우리에게 기쁨과 행복을 가져다준다. 그러나 사랑은 쉽게 얻어지지 않는다. 사랑을 얻기 위해서는 자신을 내어주고 상대방을 이해하고 배려해야 한다."

– 블레즈 파스칼(철학자)

"모든 행복한 가족들은 서로 닮은 데가 많다. 그러나 모든 불행한 가족은 그 자신의 독특한 방법으로 불행하다."

– 레프 톨스토이(소설가, 사상가)

인생길 외로워도, 함께 행복을 찾는 여정을 떠나요
(사진= 하재열 작가)

백운산(白雲山), 섬진강(蟾津江), 수어천(水魚川)